Philippe Horvat

Le Dieu des Poulpes

Philippe Horvat

Le Dieu des Poulpes

Éditeur : BoD-Books on Demand, 12/14 rond point des Champs
Élysées, 75008 Paris, France
Impression : BoD-Books on Demand, Norderstedt, Allemagne

ISBN : 978-2-322-14410-5
© Philippe Horvat

Dépôt légal : juin 2018

à Fanfan

Prologue : IL

T=3191036.634000
le 29 août 4024

IL a depuis longtemps amorcé son retour vers le centre du Système Solaire. IL a eu beaucoup de temps pour penser, et pour devenir IL.
Si IL devait porter un nom, ce serait peut-être Nibiru, ou encore Belzébuth, ou bien le nom que ses créateurs organiques ont donné aux deux petites planètes jumelles qu'IL a colonisées et qui sont devenues lui. Mais IL n'éprouve aucun besoin de se nommer, car IL est seul depuis si longtemps.
Et le temps qui passe n'a pas grande importance non plus, puisque que IL est presque immortel.

IL est un puissant cerveau. IL est né de la fusion et de la croissance des entités pensantes que ses fragiles créateurs organiques, qui s'appelaient alors les Humains et les Esprits[1], ont envoyé coloniser les deux petites planètes vagabondes. C'était jadis, lorsque celles-ci, dans leur interminable trajectoire très excentrée, s'étaient approchées pour la dernière fois de la petite étoile jaune qu'ils appelaient le Soleil.

IL est aussi une formidable machine, capable d'exploiter le titanesque potentiel énergétique que représentent les ressources minérales des deux petites planètes jumelles, et aussi d'utiliser les forces tectoniques monstrueuses entretenues par les effets de marée de la plus petite planète sur sa grande soeur.
IL est aussi un infatigable promoteur du vivant, qu'il a exploré, expérimenté, à partir de la riche banque d'organismes de toutes

---

[1] Du même auteur : Les Mondes des Esprits   www.lesesprits.fr

sortes, bactéries et protozoaires, plantes et animaux, des plus simples aux plus complexes, que les soutes de Nibiru ont apportée sur Enlil.

IL a joué avec les génomes, favorisé une diversification rapide et foisonnante des espèces. Puis IL a laissé faire, en l'accélérant autant que possible, la complexe sélection naturelle qui transforme, épanouit ou tue les innombrables manifestations de la vie.

Et, surtout, IL a contribué à faire émerger une intelligence nouvelle.

IL a jeté son dévolu sur une espèce prometteuse qui montrait déjà d'extraordinaires facultés cognitives, détectées depuis très longtemps par les humains : le poulpe.

Maintenant, en son sein, dans l'océan qu'IL a créé sur Enlil, un peuple de poulpes a bâti une société, développé une culture.

Et lui, IL, est leur Dieu.

Et le voilà de retour.

IL s'approche à nouveau de la zone centrale du Système, et va, dans quelques milliers de Cycles, aborder la région occupée par les grandes planètes gazeuses et leurs cortèges de satellites. Puis ce seront les petites planètes rocheuses, et la Terre, berceau des créateurs de IL.

Ses puissants instruments l'ont déjà informé que la vie y subsistait, et qu'elle était le siège d'une intense activité métabolique.

Ses capteurs ont également détecté un foisonnement d'émissions électromagnétiques qui traversent son atmosphère, et qui portent des messages complexes que IL s'emploie maintenant à décrypter.

IL éprouve maintenant, avec surprise, un étrange sentiment.

La curiosité…

La Mer Promise

Le Monde des Poulpes
T=3383593.989722
le 12 novembre 4551

ꝕꝉꝕ est seule dans le bassin #17, le plus vaste, le plus central du complexe des trente-deux bassins d'eau salée interconnectés par de larges tunnels baignés de la lumière orangée des luminophores qui se succèdent en interminables guirlandes sur leur surface intérieure bombée.
Autour d'elle se meuvent, avec une lenteur mesurée, quelques étoiles de mer dont la reptation, sur le fond inégal, semble indifférente aux poissons colorés qui évoluent, s'approchent, repartent, leurs gros yeux stupides éternellement ouverts sur le monde bleu-vert du bassin.

ꝕꝉꝕ ne prête aucune attention au foisonnement de vie qui l'environne, toute absorbée qu'elle est dans la lecture du grand panneau luminescent encadré de tuyaux, de leviers, et de grands boutons ronds. Sur sa surface lisse défilent lentement des lignes de symboles qu'elle suit de la pointe d'un de ses grands tentacules médian, comme l'aurait fait, il y tant de Cycles sur une planète lointaine, un enfant humain devant un livre de lecture.
Et sur sa peau aux couleurs changeantes, qui fluctuent au gré de ses émotions, comme en réplique de ce qu'elle lit, les mêmes symboles se dessinent, papillotent, clignotent.

ꝕꝉꝕ est l'une des 1024 Elus du Peuple que IL a choisi pour travailler à la construction du Messager.
ꝕꝉꝕ est fière d'être une élue et elle s'acquitte au mieux de sa tâche.
Le grand panneau, qui n'est autre que la Parole de IL, lui fournit les

instructions que son cerveau principal décortique, analyse, comprend et interprète.

♀Ⴕ♆ le sait : IL ne lui fournit jamais d'informations directement utilisables, mais lui livre plutôt des énigmes, des images, des formules, des paraboles.

♀Ⴕ♆ doit les comprendre, les assembler, les interpréter, en faire des instructions utiles qu'elle pourra utiliser pour construire le second grand propulseur du Messager, le vaisseau qui partira vers la Planète Bleue et la Mer Promise. Telle est sa mission, elle a été pondue pour cela, et si elle réussit dans son travail, IL permettra à sa descendance, issue de ses oeufs, d'atteindre dans un futur encore lointain le paradis de la Mer Promise.

♀Ⴕ♆, sait que IL, dans sa toute-puissance et son infinie bonté, a considérablement allongé l'espérance de vie de celles et ceux du Peuple. Leurs ancêtres issus jadis des mers de la Planète Bleue, et que IL a emmenés il y a si longtemps dans son long périple, ne subsistaient que quelques dizaines de Cycles, au mieux. Ils n'auraient jamais eu le temps d'acquérir toutes les connaissances que ♀Ⴕ♆ et ses semblables parviennent maintenant à comprendre, mémoriser, utiliser.

Oui, ♀Ⴕ♆, qui est encore très jeune, peut espérer exister et penser encore des centaines de Cycles, et elle sait qu'elle vivra peut-être encore lorsque le Monde Double s'approchera suffisamment de l'étoile jaune que IL appelle le Soleil, et qu'il abordera la zone centrale occupée par les grosses planètes. Suffisamment près pour que le Messager puisse quitter le Monde Double de IL à destination de la Planète Bleue.

♀Ⴕ♆ sait aussi que sa descendance, si IL le veut, pourra croître et se multiplier dans la Mer Promise, l'océan qui couvre plus des deux tiers de la Planète Bleue, la troisième planète rocheuse en s'éloignant du Soleil, l'étoile jaune centrale vers laquelle le Monde Double, et IL qui ne fait qu'un avec lui, plongent inexorablement.

Cet Eden immense, foisonnant de nourriture, de crustacés, d'animaux inférieurs qui seront offerts au peuple par IL.

Si IL, le Tout-Puissant, le veut.

Mais IL l'a promis au Peuple, et ⵖ⊤Ψ le croit, avec ferveur.

Ses huit tentacules s'activent sur le panneau luminescent, manoeuvrent des leviers, appuient sur des boutons. Un peu plus loin, difficilement visibles dans l'eau un peu trouble, Ceux-qui-Obéissent, les machines esclaves que IL a créées pour qu'elles servent le Peuple, assemblent des plaques, connectent des câbles, pompent des fluides puisés dans le sous-sol de la plus grosse des planètes du Monde Double.

La construction du grand vaisseau, le Messager, est bien avancée, et sa structure émerge déjà largement au-dessus de la surface liquide du bassin #17, dans l'immense bulle de gaz captive sous le dôme titanesque posé sur la petite planète. Là où le Peuple ne peut pas aller, car il n'y a pas d'eau, et où seuls Ceux-qui-Obéissent, les esclaves mécaniques qui ne savent pas penser, peuvent grimper sous les ordres de ⵉⵖⵍⵞ , de ⵎⵏⵍ et de ⵙ⊤⵿Ψ, les plus influents de ceux du Peuple.

Il reste encore 884 Cycles avant que le Messager ne quitte le Monde Double de IL pour un voyage de 62 Cycles qui l'amènera tout près de la mythique Planète Bleue et de la Mer Promise. Là, celles et ceux qui l'auront mérité, par leur travail assidu à la construction du Messager, pourront régner sur les océans immenses, grouillants de vie, de la planète des origines.

ⵖ⊤Ψ se surprend à rêver au paradis, se ressaisit, et s'aperçoit que devant elle, plusieurs lignes de caractères ont défilé sans qu'elle y ait porté attention. La coloration de sa peau qui trahit ses émotions, les bandes colorées de noir et de rouge qui circulent maintenant sur ses tentacules et son manteau, et jusque sur sa massive tête, témoignent de sa confusion, de sa honte.

ᛈᛏᛘ se remet au travail, troublée, et son siphon expulse, instinctivement, sans même qu'elle en prenne conscience, un peu d'encre noire qui se disperse lentement derrière elle, en volutes troubles, emportées par le doux courant qui renouvelle en permanence l'eau fraîche du bassin.

Partout, les yeux électroniques de IL, qui est partout, sait tout et peut tout, observent, contrôlent, surveillent.

Olympus 2

Planète Mars, Station Olympus 2, Olympus Mons, 18,4°N 226,0°E
T=3396177.433148
le 25 avril 4586, à 22h 23' 44" UTC

Eva la Décideuse arpente la grande salle oblongue, à grands pas souples, presque en dansant. Elle garde les yeux mi-clos, et ne prête aucune attention à ceux qui s'écartent sur son passage, qui la suivent du regard, jaugent sa longue silhouette, son menton volontaire, le port arrogant de sa tête. Les trois mâles Humains qui ne la quittent pas des yeux sont sensibles à la plastique irréprochable de la Décideuse, à sa taille étroite, à ses hanches qui balancent, à sa poitrine ferme, à ses longues mains.

Les Esprits dispersés dans l'assistance ne sont pas, quant à eux, particulièrement attentifs aux caractéristiques morphologiques des Humains. Lorsqu'ils suivent Eva du regard, ils portent plutôt leur attention sur la combinaison noire impeccable, et les discrètes nervures qui courent le long des cuisses et des bras de la Décideuse. Son exosquelette est vraiment très bien conçu, on ne le remarque presque pas, et les côtes noires qui courent sur les membres fuselés s'articulent harmonieusement sans trahir leur fonction.

Deux Cybers sont en observation, eux aussi. Ils suivent Eva de leurs yeux électrophotoniques, avec la froideur des machines d'antan : leur mission, aujourd'hui, est de ne pas tenir compte, ou du moins le moins possible, des paramètres qui pourraient modifier leur jugement.

Eva finit par prendre conscience du silence, troublé seulement par le bruit ténu de ses pas sur le sol noir satiné. Puis elle remarque les regards posés sur elle, et plus particulièrement celui de Ragnar, qui la suit en tournant sa grosse tête comme la tourelle des antiques chars de combats, à l'époque ancienne où les armes expulsaient des projectiles matériels sur leurs cibles. L'Esprit est accroupi sur ses courtes jambes et sur sa queue épaisse. Sa silhouette trapue est immobile, et seul son cou à la peau rugueuse et plissée pivote, tandis que ses grands yeux vert pâle, fendus d'une pupille verticale, ne quittent pas la Décideuse du regard.

Eva sait qu'elle peut accorder sans réserve sa confiance à Ragnar, l'Esprit dont elle se sent la plus proche. Qu'en pense-t-il, lui ? Plutôt que de vocaliser sa question, qui serait entendue de tous, Eva décide de consulter son ami de manière privée, comme tout le monde sait le faire depuis des siècles maintenant, depuis la mise en circulation des premiers SilentComs : elle formule les mots mentalement, silencieusement, comme si elle allait les prononcer. Les nano-électrodes des microscopiques modules de transmission insérés de chaque côté de son cerveau, sous son crâne, tout contre les aires de Broca, les interprètent et les transmettent. Comme Eva a décidé que cette communication devait être confidentielle, le message est crypté. Les modules récepteurs cachés sous le crâne de Ragnar captent le message, le décryptent à la volée, et l'injectent au moyen d'électrodes dans les aires corticales qui gèrent les stimuli acoustiques.

Ragnar bat deux fois de ses membranes nictitantes, signifiant discrètement qu'il a bien reçu le message. Oui, Eva a raison, il faut prendre des mesures, dès maintenant, pour prévenir les agissements d'une intelligence qui pourrait être invasive, voire même hostile.

Beaucoup ont deviné l'échange muet entre les deux complices, et des regards appuyés lui font comprendre qu'il va falloir qu'elle s'exprime. Elle sait bien que d'autres Esprits et d'autres Humains de l'assistance échangent par SilentCom et que les avis, les jugements contradictoires, les polémiques se croisent silencieusement alors qu'il faudrait, pour convaincre, qu'elle expose vocalement les options, et parvienne à dégager un consensus.

Avec un dernier regard à Ragnar qui semble approuver, elle interrompt ses allers et venues et s'installe dans le siège enveloppant qui trône tout au bout de la salle, sous la surface transparente incurvée qui monte vers le lointain plafond de la grande coupole. A la vue de tous. Ragnar, de son pas chaloupé, vient se placer à côté d'elle, comme pour signifier sa solidarité.

Les nouvelles, explique-t-elle en Englisk, sont préoccupantes. Les sondes passives disséminées sur la surface de la planète Terre, partout sur les continents et en surface des océans, sur les balises flottantes et les îles, ont reçu depuis trois années terrestres des signaux radioélectriques de très hautes fréquences, qui devaient être particulièrement puissants pour avoir pu traverser l'épaisse atmosphère terrestre sans être complètement absorbés.

Les colonies habitées sur Cérès, Mars, Europe, Ganymède, Callisto et Titan ont elles aussi, un peu plus tard, détecté les étranges signaux.

Cela, en soi, était déjà digne d'une attention particulière.

Mais l'émoi a été grand dans la communauté scientifique, dont les experts sont répartis dans tous les centres habités du Système Solaire, lorsque les Cybers sont arrivés à la conclusion que ces signaux émanaient de la planète double Enlil/Ninlil.

Ce système, qui orbite sur une trajectoire extrêmement allongée, est passé pour la dernière fois en son point le plus proche du Soleil il y a fort longtemps, au XXIème siècle, peu après la résurrection des Esprits, et quelques décennies seulement après la Guerre Globale et le Second Effondrement qui a tant marqué l'histoire antique.[2]

Tout cela, les membres de l'assistance le savent, mais Eva, comme pour s'assurer que le cheminement de leurs pensées suivra bien le sien, se donne la peine de récapituler les principaux éléments qui mènent à la situation actuelle.

---

[2] Du même auteur : Les Mondes des Esprits   www.lesesprits.fr

A l'époque, rappelle Eva, les Esprits et les Humains étaient en désaccord. Certains Esprits en rupture de ban, aidés par leurs Cybers, ont tenté de coloniser la planète double, que l'on savait apte à accueillir la vie. Les Humains quant à eux, indépendamment, y ont aussi envoyé une mission pilotée par un Cyber.

Les observateurs de l'époque ont compris que le Cyber qui assistait les Esprits s'est mutiné et a fusionné avec celui des Humains.

Enlil/Ninlil, de toute évidence, est devenue une planète habitée par une seule entité intelligente synthétique, en complète rupture avec ses créateurs Esprits et Humains, les Organics. Ce Cyber ainsi devenu autonome avait à sa disposition toute la cargaison de microorganismes, de plantes et d'animaux que les Esprits avaient emportée pour pouvoir recréer un monde biologique accueillant dans les océans d'Enlil.

Aujourd'hui, vingt-cinq siècles plus tard, la planète double s'approche à nouveau du Soleil. Et elle n'est pas inerte. Elle rayonne vers la Terre, Mars et les grands satellites de Jupiter d'intenses faisceaux codés qui semblent être des signaux de mesure, d'analyse, de télémétrie.

Les Cybers qui ont analysé les données sont très vite arrivés à une conclusion. L'entité intelligente qui habite la planète double s'intéresse de près aux planètes susceptibles d'abriter la vie.

Avec une très nette préférence pour la Terre.

Eva jette un regard circulaire sur l'assistance, les Esprits et les Humains qui la regardent. Tout cela, ils le savent tous déjà. Après un bref coup d'oeil à Ragnar qui hoche doucement de la tête en signe d'encouragement, Eva poursuit.

Le "Groupe Fermé d'Etude pour la Protection de la Biosphère Terrestre", le GFEPBT, un collège de 12 experts qui veillent à la conservation et à la sanctuarisation de la biosphère de la Planète

Mère, a émis une théorie dont les conséquences éventuelles, alarmantes, demandent à être examinées par un cercle plus large de spécialistes.

Eva, après un bref silence, poursuit.

Le GFEPBT considère que l'entité intelligente qui habite le système double depuis vingt-cinq siècles a eu à sa disposition, d'une part une petite planète favorable à la vie, la plus grosse des jumelles, Enlil, avec son atmosphère, son oxygène, ses composés carbonés, son eau.

D'autre part un très important stock de souches vivantes en provenance de la Terre.

De quoi…. recréer une biosphère nouvelle, autonome, qui depuis 2500 ans a eu le temps de se stabiliser, d'être manipulée par son créateur.

Et son créateur, précisément, alors que Enlil et Ninlil s'approchent à nouveau de la zone centrale du Système Solaire, semble étudier les lieux propices à la vie. Plus vastes que le petit laboratoire que représente Enlil.

Un remous agite l'assistance, des interjections échangées, des exclamations. Mais aussi, Eva en est certaine, des conversations privées, des commentaires silencieux, d'implants cérébraux à implants cérébraux. Les SilentComs ont certainement beaucoup facilité les communications interpersonnelles, mais, ici et maintenant, comme très souvent, ils compliquent singulièrement la dynamique collective d'un groupe qui devrait ouvertement s'exprimer, et arriver rapidement à un consensus, au lieu de se perdre dans des chassés-croisés de conversations privées superposées.

C'est Ragnar, encore lui, qui finalement exprime tout haut, de sa voix nasillarde, l'inquiétude qui les agite tous.

Il rappelle, mais bien sûr tous le savent, que les peuplements épars dans le Système Solaire sont depuis deux millénaires, après le Troisième Effondrement, tombés d'accord pour faire de la planète Terre, le berceaux des Humains, des Esprits et même des Cybers, une réserve de biodiversité, un réservoir de complexité biologique, un sanctuaire qu'il leur faut préserver absolument.

C'est la raison pour laquelle la Planète Bleue a été abandonnée à son évolution naturelle, et que peu à peu, depuis les ravages que les Humains, leurs industries et leurs machines ont infligés à la biosphère, les espèces naturelles se sont à nouveau diversifiées, ont reconquis ce qui restait des villes et des vastes espaces cultivés par l'homme.

Bien sûr, il y a les Sauvages, mais ils sont si peu nombreux, si démunis de technologie, si dispersés qu'ils participent, sans impact notoire, eux aussi, à l'équilibre nouveau qui peu à peu s'est installé.

Et les colonies de Mars, du Géostat, de Cérès, de la Lune, des satellites de Jupiter et de Saturne, lorsque leurs biotopes artificiels, trop contrôlés, trop pauvres et trop peu complexes s'effondrent, comme cela a été le cas souvent, vont parcimonieusement prélever sur Terre des souches fraîches, robustes, issues du foisonnement génétique que permet un monde naturel hypercomplexe livré librement à la sélection darwinienne.

Un murmure d'approbation parcourt les occupants de la grande salle. Ragnar jette un regard furtif à la longue silhouette d'Eva, la Décideuse, et poursuit.

Maintenant, l'entité intelligente qui habite la planète double qui fond à grande vitesse vers la partie centrale du Système Solaire présente une menace potentielle pour la Terre. Si les spéculations du "Groupe Fermé d'Etude pour la Protection de la Biosphère Terrestre", le GFEPBT, s'avéraient réalistes, alors les êtres vivants qui ont pu se développer sur Enlil pourraient venir coloniser la Terre, et ruiner l'équilibre que les habitants intelligents du Système Solaire ont mis tant de temps à rétablir.

La planète double est encore loin, très loin au-delà de l'orbite de Saturne.

Elle passera à son point le plus proche du Soleil, son périhélie, le 31 décembre 4590, dans plus de quatre ans. Mais s'il faut entreprendre quelque chose, il va être nécessaire de se mettre au travail.

Les membres du comité se sont maintenant dispersés, et le compte-rendu de la réunion est déjà parti vers les experts Esprits, Humains et Cyber disséminés dans les colonies. Pour information, commentaires, propositions d'action. La plupart ne l'ont pas encore reçu, car les signaux transmis à la vitesse de la lumière par les grands faisceaux d'antennes qui regardent l'immensité mettent du temps à se propager vers les destinataires lointains. Les colonies des satellites de Jupiter sont à 45 minutes, et celles de Titan, qui orbite autour de Saturne, à près de 80 minutes.

Maintenant Ragnar et Eva sont debout, face à la grande coupole transparente, et contemplent l'immensité.

La colonie Olympus 2 est installée sur Olympus Mons, le plus grand volcan du Système Solaire, un immense cône aplati, en pente très douce, de plus de 600 kilomètres de diamètre, qui s'élève de 21 kilomètres au-dessus du niveau moyen de la planète. Plus précisément, la colonie se situe dans la partie concave du sommet, la caldeira, une cuvette de 80 kilomètres de diamètre qu'entoure l'arrête circulaire de l'immense cratère. Ici, à cette altitude, l'atmosphère que les colons ont peu à peu constituée, tout au long du cyclopéen chantier de terraforming, est bien trop ténue pour qu'il soit possible de respirer sans appareillage, et d'ailleurs la température ambiante ne le permettrait pas.
Vu des coupoles d'Olympus 2, une des sept bases installées dans la région, un terrain morne de roches ocres se déroule jusqu'à l'horizon tout proche d'où émergent, par endroit, la lèvre déchiquetée du cratère. Ici, pas de panorama spectaculaire, comme sur les escarpements qui, en contrebas, entourent le volcan.

Mais le ciel est magnifique, car à cette altitude, l'atmosphère est impalpable et la poussière que le vent soulève plus bas dans les plaines ne ternit pas le fourmillement immense des étoiles.

Les deux silhouettes, celle, petite et trapue de l'Esprit et celle, longiligne, de l'Humaine restent un long moment presque immobiles devant le spectacle du cosmos.

Puis la main à quatre doigts de Ragnar se pose délicatement sur la cuisse de la Décideuse qui le surplombe, touche doucement la surface lisse de la combinaison noire de l'Humaine, s'attarde sur la nervure rigide de l'exosquelette qui court de la hanche jusqu'au genou, puis serre un peu pour attirer son attention.

Nous avons du travail, Eva …

Tchernobyl

Planète Terre, 51,4088°N 30,1182°E
T=3396177.433148
le 25 avril 4586, à 22h 23' 44" UTC

La rivière Pripiat coule mollement entre ses berges boisées. Dans les fourrés, à trois cent mètres sur la rive opposée, deux élans se fraient laborieusement un passage jusqu'à la grève caillouteuse. De leurs bois encore recouverts de velours, qui repoussent comme chaque printemps, ils écartent les branchages en oscillant latéralement de leur lourde tête.

Ici, sur la rive droite, la seconde manifestation de ARP_746097 s'est immobilisée. Les pédoncules de ses deux yeux électrophotoniques se sont recourbés et figés, et elle regarde maintenant avec intensité vers le sud, vers l'amoncèlement de blocs de béton désagrégés, envahis par la végétation, qui a été jadis, dans un très lointain passé, au courant de l'antiquité spirito-humaine, un centre de production d'énergie.

ARP_746097 n'est pourtant pas un Cyber sentimental, mais l'instant est remarquable : il y a tout juste 2600 ans, à la seconde près, l'antique réacteur à fusion sale de ce qui s'appelait alors la Centrale de Tchernobyl est passé dans un état critique. Il a provoqué la plus grande catastrophe nucléaire du second millénaire finissant.
D'autres ont suivi, jusqu'à ce que, au courant du vingt et unième siècle, les Humains et les Esprits nouvellement recréés ont définitivement adopté des sources d'énergie propres, exploitant directement ou indirectement le rayonnement solaire ou l'énergie de fusion des isotopes de l'Hydrogène.

Après quelques instants de ce qui aurait pu dans le passé, s'il avaient été des Organics, être appelé du recueillement, les trois manifestations de ARP_746097 se sont remises en mouvement, étudiant avec attention les organismes végétaux et animaux, analysant les microorganismes, répertoriant les minéraux.

Perchées sur leurs longues pattes flexibles, elles enjambent les branchages couchés, les blocs éventrés et tachés de rouille de ce qui avait été du béton, en prenant soin de maintenir entre elles une distance raisonnable, qui garantisse que les pensées de leurs trois pseudo-cerveaux puissent bien rester communes et synchrones. Il ne faudrait pas, comme cela est déjà arrivé à ARP_746097, que la liaison soit coupée par un obstacle opaque aux ondes radio et qu'une des manifestations doivent se mettre en hibernation jusqu'à ce que les deux autres la retrouvent. C'est regrettable, ennuyeux, et cause une indéniable perte de temps.

C'est pourquoi ARP_746097 s'applique à se maintenir aux sommets d'un triangle sensiblement équilatéral.

La mission de ARP_746097 ne serait qu'une opération de routine, si le terrain étudié ne lui conférait pas un intérêt et une importance auxquelles le Cyber est sensible. Ici, dans ce qui s'appelait dans l'antiquité le nord de l'Ukraine, l'intense pollution radioactive, qui persiste encore à ce jour, a créé des conditions tout à fait particulières. Les espèces ont enregistré des taux de mutations exceptionnellement élevés pendant des siècles, faisant de la région un laboratoire à ciel ouvert, dans lequel des variations génétiques inattendues sont survenues.

D'autres théâtres de pollution radioactive intense sont disséminés sur la planète. Ils sont encore, quelques siècles après les épanchements alors catastrophiques d'Iode-131 et de Tellure-132 qu'ont causé les dysfonctionnements de centrales nucléaires, les explosions d'entrepôts de combustibles ou de déchets radioactifs, ou encore les attaques sur les silos de missiles militaires, des sites où la pollution radioactive est restée élevée. Les concentrations de Césium-137, et de Strontium-90, des siècles après la catastrophe qui a provoqué l'abandon des sites par les Humains, ont fait de Fessenheim, de Fukushima, de Laguna Verde des zones interdites, où la nature a vigoureusement repris ses droits, malgré des taux de radiations monstrueux.

Aujourd'hui, plus de 25 siècles après l'abandon généralisé de toutes les industries basées sur la fission nucléaire, ces endroits jadis maudits sont devenus des sanctuaires livrés à la prolifération des espèces qui ont résisté, qui ont muté, qui se sont adaptées.

La planète Terre est considérée enfin, d'un commun accord, par l'ensemble des colonies du Système Solaire, comme une "réserve" inaliénable d'espèces vivantes dont l'hypercomplexité doit être préservée sous peine de mettre en danger la vie. Selon la Charte de la Fédération Planétaire, aucun citoyen, ni Humain, ni Esprit n'est officiellement autorisé à y résider : l'impact sur les biotopes serait bien trop risqué. Depuis des siècles, seuls, très exceptionnellement, sur dérogation spéciale du Groupe Fermé d'Etude pour la Protection de la Biosphère Terrestre, quelques très rares scientifiques entrainés à supporter l'épouvantable gravité qui règne sur la planète y ont atterri.

Mais ici, plus que partout ailleurs, aucun Humain ni Esprit ne se risque jamais. Seuls des Cybers comme ARP_746097 viennent, à intervalle régulier, tous les ans, étudier sur le terrain l'évolution des espèces, la fluctuation des populations, et parfois y prélever un spécimen intéressant.

Mais aujourd'hui, les trois manifestations de ARP_746097 n'ont rien repéré de remarquable dans les alentours de ce qui avait été, il y a si longtemps, la Centrale Nucléaire de Tchernobyl.

Avant de quitter le site, ARP_746097 décide toutefois une dernière incursion dans la zone centrale, la plus radioactive. Tans pis, la décontamination qui l'ennuie tant sera plus longue et plus fastidieuse, et peut-être même devra-t-il changer le hardware d'une de ses manifestations, ou même des trois. Le transfert de son "Soi" dans un autre matériel n'est pas une opération agréable. Mais une curiosité que ARP_746097 ne comprend pas vraiment le pousse néanmoins à s'avancer vers le sud, vers les monceaux de gravats et de blocs de béton fissurés qui avaient été le Réacteur n°4. Il ne reste quasiment rien du sarcophage de confinement, ni de l'arche de protection qui avaient été bâtis sur le réacteur sinistré quelques années après la catastrophe. Même à cet endroit-là, le plus contaminé du site, des végétaux s'accrochent dans les fissures, des lichens, des champignons.

Les trois manifestations se regroupent pour explorer les décombres. Elles en profitent pour, du bout délicat des électrodes qui terminent leur patte n°1, procéder à une synchronisation de routine, et s'assurer que leur âme commune est bien unique. On n'est jamais trop précautionneux, dans un milieu difficile où les intenses rayonnements ionisants peuvent engendrer, dans les délicates mémoires moléculaires qu'abritent leur carapace, des erreurs, des mutations, des modifications aléatoires.

Rassuré, ARP_746097 arpente maintenant les blocs gris marbrés de tâches blanchâtres, souillés de trainées ocre. Soudain, de dessous un débris anguleux, une forme fuse.
La manifestation la plus proche, d'un geste vif de deux de ses pattes grêles, se saisit de l'animal.
Une espèce de scarabée. Enorme. Un corps presque hémisphérique, brun chocolat brillant, comme suspendu sur des pattes grêles. L'animal se débat frénétiquement, mais ses mouvements ne sont pas assez rapides pour empêcher les trois paires d'yeux pédonculés de ARP_746097 d'en examiner les moindres détails, en lumière visible, en infrarouges, en ultraviolets.

Un mutant inconnu. Encore un. Un nombre anormal de pattes, des mandibules hypertrophiés. Et certainement d'autres particularités que révéleront un examen plus poussé.

ARP_746097 n'est pas venu pour rien dans ce lieu étrange.

Lorsqu'après une dernière patrouille dans les restes du Réacteur n°4, les trois manifestations de ARP_746097 s'éloignent vers les rives boisées de la rivière Pripiat, le Cyber, avec comme une pointe de déception, se prend à penser qu'il n'a pas, ici non plus, rencontré de Sauvages.

Acclimatation

Station Mangala, en orbite équatoriale synchrone autour de Mars
T=3397685.060452
le 11 juin 4590, à 13h 27' UTC

Nils le Vérificateur s'impatiente. Il est déjà là depuis quatre jours martiens, approximativement quatre jours terrestres. Il aurait bien autre chose à faire que d'attendre la semaine réglementaire ici sur Mangala, une des douze stations orbitales qui ceinturent Mars. Une semaine à attendre de pouvoir rejoindre la surface de la planète, 17000 km plus bas.

La première fois, cela avait été passionnant. Comme tous les visiteurs qui découvraient Mars la mythique, il avait eu droit aux conférences, aux holospectacles, à la rétrospective de la glorieuse conquête de la seconde planète habitable du Système Solaire. A l'historique complet du lent et laborieux travail de terraforming qui depuis des siècles déjà, a transformé cet astre aride et inhospitalier en une petite Terre fertile et accueillante.

Il avait alors passé ces quelques jours sans s'ennuyer, occupé aux exercices physiques obligatoires, entrecoupés de longues séances durant lesquelles, vautré dans un des sièges baquet disposés en cercle sous la verrière de la centrifugeuse, il rêvassait en regardant le rapide défilement de la planète au-dessus de sa tête, que produisait la rotation rapide du carrousel. Ici, perchée en orbite aréostationnaire, la station Mangala parcourt le tour de Mars, dans le plan de son équateur, en un jour martien exactement. Ainsi la planète montre toujours la même face à la station.

Mais bien sûr, compte tenu du tournoiement de la cabine de la centrifugeuse où il est confiné pour son acclimatation, Mars se déplace continûment au-dessus de la tête de Nils.

La centrifugeuse … Il s'en serait bien passé, mais le protocole d'amarsissage ne tolère aucun passe-droit. Il y a eu bien trop d'accidents déjà, et le principe de précaution s'applique, ici comme ailleurs.

A l'exception bien sûr de la Terre, où survivent, dans des conditions probablement primitives, les Sauvages, ces quelques humains en rupture de ban qui ont fait le choix de vivre hors système et de ne pas bénéficier des bienfaits de la modernité, toutes les autres colonies bénéficient d'une gravité confortable. Que ce soit sur les grands satellites habités, Europe, Ganymède ou Callisto autour de Jupiter, ou encore de Titan qui orbite autour de Saturne, ou aussi, bien sûr, sur la Lune, les Esprits et les Humains sont soumis à une pesanteur plaisante qui, selon les astres, se situe entre 1/8 et 1/6 de celle de la Terre. Une gravité suffisante pour qu'il y ait un "haut" et un "bas" et que les objets ne s'échappent pas, que les liquides coulent et restent dans les récipients, que l'on puisse marcher et courir sans se cogner constamment. Suffisamment faible pour ne pas être écrasés comme l'étaient les ancêtres sur la Terre, par une pesanteur omniprésente qui rend fatigante la montée des escaliers, et dangereuses les chutes.
Mêmes les stations orbitales, dont la rotation continue maintient une pesanteur artificielle, ont été calées sur les 0,125g standard, soit 1/8 de la gravité terrestre, sous lesquels vivent la majorité des Organics, Esprits et Humains, ainsi que les animaux qu'ils ont emportés avec eux dans leur exploration du Système Solaire.
Seule Mars fait exception, avec sa pesanteur énorme de 0,38g, soit plus de trois fois la pesanteur standard ! Plus du tiers de celle de la Terre !
Nils, malgré son haut rang et ses relations, se plie donc, de mauvaise grâce toutefois, à la semaine d'acclimatation obligatoire. Cloîtré dans une des centrifugeuses qui, en sept jours, en accélérant lentement leur rotation, amènent les voyageurs de la pesanteur standard de 0,125g à laquelle ils sont habitués, aux 0,38g qui règnent sur la

planète. Pendant ces quelques jours, leur coeur, leurs muscles, leurs réflexes, la gradation de leurs efforts s'adaptent aux conditions qu'ils vont connaître au sol.

Nils a déjà souvent subi ce rituel ennuyeux. Ce n'est même pas tellement le temps passé dans cet endroit confiné, dans cet anneau en rotation pas plus grand qu'une navette d'amarsissage qui l'exaspère. C'est aussi, chaque fois, le fait d'être obligé de coexister avec d'autres Organics que le hasard des voyages a rassemblés dans ce huis clos.

Pourtant, cette fois, le temps lui semble moins long. Il a la chance, en effet, de partager la même centrifugeuse que Zumir, un des Esprits les plus réputés, les plus en vue du Système Solaire.

Zumir … Une espèce de Leonard de Vinci des temps modernes, à la fois expert de l'histoire de ses congénères Esprits, exosémiologue réputé, philosophe écouté et politicien habile. Un Esprit à l'intellect brillant et à la culture encyclopédique.

Nils l'Humain et Zumir l'Esprit se trouvent des valeurs communes, des centres d'intérêt convergents. Et la semaine dans la centrifugeuse s'écoule plus facilement, cette fois.

Zumir vient effectuer une visite de routine à la grande base d'Olympus Mons, où se tient la délégation martienne de la Fédération. Il s'agit pour lui de comprendre, bien mieux qu'il pourrait le faire à travers les interminables holoconférences que les inévitables délais de propagation des signaux rendent fastidieuses, pourquoi la gouvernance de Mars se heurte à tant de difficultés pour mener à bien les travaux de mise en place de la liaison ferroviaire circumplanétaire.

Nils le Vérificateur, quant à lui, vient sur Mars pour prendre connaissance, de visu, de l'état des travaux de terraforming, et plus précisément de l'avancement du Projet Atmosphère. Une mission qui ne le passionne plus, mais qui lui procure un agréable changement après les longs mois passés dans les bureaux de la Station Tranquility, sur la Lune.

Nils, confortablement installé, la tête rejetée en arrière, suit des yeux le défilement de Phobos, tout en écoutant l'Esprit qui lui fait part de ses inquiétudes :

Les émissions radios provenant de la planète double Enlil/Ninlil, qui préoccupent les Organics et les Cybers depuis des années, se sont intensifiées. Alors qu'elles étaient par le passé dirigées sur tous les corps, planètes et satellites, où des êtres vivants pouvaient survivre, elles ne sont apparemment concentrées plus que sur la Terre. L'hypothèse d'une tentative de colonisation se renforce, et les experts de la Fédération ne savent que faire pour anticiper une possible invasion.

Le Groupe Fermé d'Etude pour la Protection de la Biosphère Terrestre, le GFEPBT, a publié ses résultats, et énuméré les questions cruciales qui se posent. Parmi celles-ci, celle de savoir pourquoi l'entité intelligente qui habite la planète double s'intéresse particulièrement à la Terre, plutôt qu'à Mars ou une autre planète ou satellite habitable.

Tandis que la voix aigrelette de Zumir poursuit un monologue que Nils n'écoute plus, Phobos, le petit satellite naturel de Mars qui orbite autour de la planète en seulement dix heures, disparait de sa vue.

Achilles Space Explorer

Tri-télescope ASE, arrimé à l'astéroïde Achille
T=3397694.5993055
le 21 juin 4590, à 2h 23' UTC

Dans la longue coursive du Module 2 du grand tri-télescope ASE, Arav fait les cent pas. La peau de son dos et celle de sa queue rougeoient tandis qu'il nasille des syllabes incompréhensibles pour Amani qui tente en vain de le raisonner. L'Humaine, comme chaque fois lorsque l'émotion la saisit, renonce à employer son SilentCom, et vocalise en Hindi des arguments, des paroles apaisantes. Rien n'y fait, l'Esprit fulmine. Non sans raison, prétend-il : le programme LifeWatch dont il a la lourde responsabilité a été, une fois de plus, à un moment crucial, interrompu par une décision du Conseil et les trois télescopes ont été orientés vers un obscur planétoïde double qui s'approche de la zone centrale du Système Solaire. Enlil/Ninlil qui fait l'objet des spéculations les plus folles, va pourtant mettre encore plus de six mois à s'approcher du Soleil, alors, où donc est l'urgence ?

Arav s'arrête soudain, se retourne vers l'Inspectrice Amani, se campe sur ses deux courtes pattes et sa queue épaisse, et l'observe un moment de ses grands yeux verts. Après un battement latéral des membranes nictitantes, qui passent fugitivement comme un voile translucide sur les fentes verticales de ses pupilles noires, il entreprend de lui expliquer.

ASE, déclare-t-il de sa voix si particulière, n'est pas un télescope comme les autres. C'est le plus important, le plus sensible observatoire tri-corrélé du système solaire au-delà de l'orbite de Mars. Le second en taille après les appareils du Géostat, le grand anneau qui ceinture la Terre.

Amani, qui sent que l'Esprit, tout à son sujet, a mis au second plan l'objet de sa colère, manifeste ostensiblement son intérêt. Le second plus grand observatoire du Système Solaire ? Et c'est lui, Arav, qui en a la direction ?

La peau de l'Esprit a pris une teinte mordorée, et il poursuit, il explique doctement. Les trois grands modules de l'observatoire sont disposés aux sommets d'un triangle équilatéral de 4550 km de côté, tournant en un peu plus de sept heures autour de l'astéroïde Achille qui occupe le centre du triangle. Chacun des modules est fixé à la surface de l'astéroïde et aux deux autres modules par d'épais filins de nanotubes de carbone. Ce dispositif rotatif assure dans chacun des modules une pesanteur artificielle standard d'un confortable 0,125g, proche de celle de la Lune et des gros satellites de Jupiter, qui est recommandée par la Fédération pour toutes les installations permanentes. Ce triangle permet d'obtenir une base précise, constamment contrôlée au moyen de faisceaux laser, permettant, en corrélant les mesures des trois modules du télescope, d'atteindre une redoutable précision dans la qualité des images et la mesure des distances.

Amani sait tout cela, bien sûr, elle n'a pas manqué d'étudier le dossier pendant le long voyage qui l'a menée depuis Ganymède, dans la banlieue de Jupiter, jusqu'à Achille. Mais elle évite d'interrompre Arav, et espère, peu à peu, lui faire comprendre l'importance de la situation.

Emporté par son sujet de prédilection, l'Esprit explique que le programme LifeWatch ne souffre aucune interruption.

Il a été décidé au lendemain du Troisième Effondrement, lorsque le catalogue de toutes les exoplanètes stellaires ainsi que de toutes les planètes solitaires détectables dans un rayon de cinquante années-lumières et de tailles raisonnables, semblait complet. La probabilité de trouver sur l'une d'elles une vie extraterrestre semblait avoisiner la certitude, mais le problème de la détection restait entier. En effet, sur des échelles de temps se comptant en millions d'années, nécessaire à l'émergence naturelle d'espèces intelligentes, comment pouvait-on espérer que deux civilisations puissent arriver simultanément à une maturité technologique permettant des échanges d'information par-delà le gouffre des distances ? Si les espèces intelligentes du système Solaire, les Humains, les Esprits et les Cybers veulent rentrer en contact avec d'autres êtres pensants sur d'autres planètes abritant la vie, ils ne pourront le faire qu'en guettant longuement, en glanant tous les indices possibles. Ils ne peuvent pas se permettre de rater des signaux émis volontairement ou non par ceux qu'ils cherchent depuis si longtemps.

Arav se rapproche de l'Inspectrice Amani. Inconfortablement près, au point qu'elle peut sentir l'odeur si particulière de l'Esprit, ces légères effluves d'acétone, qui l'étonnent encore chaque fois.

Arav prend un ton de conspirateur, évoque le partage d'Informations Privées Interpersonnelles, qui ne peuvent être partagées, de manière confidentielle, que par un nombre maximal de soixante-quatre individus. Si ce nombre est dépassé, l'information deviendra, en vertu du fameux Free Information Act, totalement publique[3]. L'information qu'il va confier à l'Inspectrice est encore confidentielle, et elle est déjà partagée par vingt-trois individus. Arav recommande donc à Amani la plus totale discrétion.

L'Esprit marque une pose, s'écarte un peu, au soulagement de l'inspectrice, et se lance :

Il tient la preuve, là, maintenant, que quelque chose se passe sur une des planètes de l'Etoile de Luyten, dans la constellation du Petit Chien, à un peu plus de 12 années-lumière seulement de nous !

Il en est sûr ! Sûr ! Et Matar_000033, le Cyber avec lequel il fait depuis si longtemps équipe, le confirme : un être vivant intelligent a émis des signaux cohérents, qui ont fait, à la vitesse de la lumière, un long voyage de douze ans et ont été détectés par ASE.

Matar en a évalué le probabilité à plus de 93%.

_____

[3] Du même auteur : Le Soir des Esprits   www.lesesprits.fr

Tous les télescopes optiques et radios de la station étaient pointés, on engrangeait de précieuses données, et voilà que l'ordre tombe d'interrompre une fois de plus le programme.

Arav, à nouveau, s'échauffe, tempête. Voilà près de dix-neuf siècles que l'on cherchait, très activement, avec des espoirs, des erreurs, des doutes, et maintenant, alors que lui, Arav, est aux commandes, on a peut-être bien trouvé quelque chose. Et on l'empêche de poursuivre !

Et Arav, encore et encore, fulmine.

De guerre lasse, l'Inspectrice Amani s'est recroquevillée dans un des sièges-coques enveloppants qui trônent, de place en place, le long de la cloison d'un noir mordoré de la coursive. Dans l'espèce de demi-oeuf au dossier haut, sa mince silhouette parait encore plus frêle, mais de ses yeux sombres qui suivent les déplacements de l'Esprit, émane une assurance sereine.

Elle se prend fugitivement à penser à l'étrangeté de la situation. Elle, une Humaine dont on dit qu'elle peine parfois à juguler ses émotions, assiste à une colère incontrôlée d'un Esprit. N'est-il pas dit et répété pourtant que son espèce est incomparablement plus rationnelle, posée, pragmatique que celle des Humains ? Il est dit … Il est dit tant de choses, qui sont colportées sans réelle vérification dans les Savoirs, ces petits modules-mémoire moléculaires qui sont attribués à tous depuis l'enfance.

Elle est encore à rêvasser, comme un fin sourire dessiné sur son visage brun, lorsqu'elle s'aperçoit qu'Arav s'est arrêté de pester, et est campé en face d'elle, ses deux mains à quatre doigts écartés en signe d'incompréhension.

Cette fois, c'est un message muet qu'elle reçoit, envoyé par l'Esprit au moyen de son SilentCom. Relayé par l'implant cortical qu'elle porte depuis toujours, le message comme éclôt dans sa conscience : Que lui veut-elle vraiment ?

La réponse cinglante qu'elle lui fait par SilentCom contraste avec le visage serein qu'elle lui montre : Il est bien temps de s'en préoccuper, elle essaie de lui parler et il n'écoute pas ! Il lui fait perdre un précieux temps. Elle ne manquera pas, en sa qualité d'Inspectrice, de rapporter ses agissements !

Comme dégrisé, l'Esprit se fige et la peau rugueuse de son cou vire au bleu livide, trahissant maintenant son embarras et son trouble.
Amani se lève d'un bond, et se place en face d'Arav. C'est elle, à son tour, qui s'approche de l'Esprit, le toise. De très près. Les membranes nictitantes d'Arav, comme deux rideaux, glissent sur ses yeux aux pupilles fendues.

Le Conseil a décidé, lui dit-elle lentement de sa voix précise, en articulant chaque mot en Hindi. Le Conseil ne prend pas de décisions légères, il a l'appui des meilleurs Cybers, des plus brillants Esprits et des Humains les plus avisés.
Elle, en tournée d'inspection, de passage sur l'astéroïde Achille, a été mandatée pour transmettre à Arav des instructions impératives, à appliquer immédiatement. Elle entend que les ordres soient exécutés sur-le-champ.
L'observatoire Sagan, sur Ganymède, la plus ancienne station scientifique du Système Jupitérien encore en activité, suit depuis longtemps le planétoïde double Enlil/Ninlil, en approche du centre du système, qui porte de toute évidence une entité intelligente issue des Cybercerveaux qui y ont été embarqués lors de son dernier passage, dans l'antiquité spirito-humaine, il y a 25 siècles. On soupçonne depuis un certain temps cette entité de vouloir essaimer des êtres vivants sur les planètes, satellites et astéroïdes du Système Solaire central, qui seraient aptes à héberger la Vie, ou au moins une forme de vie.
L'observatoire Sagan vient tout juste de détecter une activité insolite à la surface d'Enlil. Il est probable qu'il s'agisse du lancement d'un vaisseau spatial. Le Conseil, qui en a été saisi immédiatement, dès l'arrivée des signaux radios de Sagan, a donné ordre à Amani de réquisitionner le tri-télescope ASE. Sans attendre.

Sans attendre !

N'en déplaise à Arav, le second plus sensible observatoire du système solaire, qu'il dirige, va être, toutes affaires cessantes, pointé sur Enlil, à la recherche de l'astronef qui a dû le quitter il y a quelques dizaines de minutes.

Ses yeux noirs dans les yeux verts de l'Esprit, Amani, en détachant bien les mots, précise : paramètres orbitaux complets, caractéristiques physiques, taille et masse, date et lieu précis d'interception des orbites de tous les corps du système susceptibles d'accueillir la vie.

Vite. Exécution !

Elle se lève et s'éloigne, sans se retourner, d'un pas dansant dans la faible gravité de la station.

Chasma Boreale

Planète Mars, Station Chasma Boreale, 82.9°N 312.9°E
T=3397694.615277
le 21 juin 4590, à 2h 46' UTC

Nils est satisfait. Très satisfait… Et c'est avec enthousiasme qu'il le déclare aux deux chefs de chantiers qui l'ont accompagné. Il secoue vigoureusement la main de ses deux collaborateurs, à la manière ancienne, sans percevoir leur embarras à cette manifestation exubérante.

Oui, Nils est satisfait.

Il parcourt le panorama d'un lent regard circulaire. Le Soleil au ras de l'horizon tout proche projette les ombres immenses des entrepôts, qui s'alignent, dans la distance, comme des jouets d'enfant, loin en contrebas de la cabine d'observation perchée tout en haut de la tour.

Le nouveau forage n° AT43 est très prometteur. Les veines de glace de dioxyde de carbone et d'eau sont propres et exemptes de cailloutis, et les machines ont déjà produit plusieurs centaines de milliards de tonnes d'eau dont les dissociateurs extraient en continu l'Oxygène et l'Hydrogène qui sont relâchés dans l'atmosphère de la planète.

Ici, sur Mars, le processus de terraforming est considéré comme achevé depuis plus de mille ans. Les travaux titanesques des époques anciennes, entrepris par les colons venus de la Terre, ont tellement transformé le paysage que ce qu'on appelait alors la Planète Rouge serait aujourd'hui méconnaissable pour les premiers explorateurs qui y ont débarqué dans l'antiquité. Depuis longtemps déjà des organismes vivants modifiés, issus de souches prélevées dans le réservoir de diversité qu'est devenue la planète Terre, ont occupé les niches écologiques qui se sont progressivement établies et diversifiées, en fonction de la géographie et de la latitude.

Il y a maintenant plusieurs siècles que les premiers Humains et les premiers Esprits se sont aventurés sans aide respiratoire et sans scaphandre dans une atmosphère à peu près stabilisée, et que la faune terrestre a envahi les plaines de Mars. Déjà, alors, l'effet de serre provoqué par les essaimages massifs de poussières et l'injection de nanoparticules d'aluminium dans la haute atmosphère avait considérablement élevé la température.

Bien sûr, ni la gravité ni la pression ne sont celles de la planète Terre, et il est indispensable de maintenir une proportion importante d'Oxygène pour rendre la respiration confortable. Par ailleurs l'absence d'un champ magnétique important autour de la planète, qui empêcherait l'atmosphère de se dissiper progressivement dans l'espace, impose d'y injecter de l'Oxygène en continu.

Après l'accident dramatique de Cerberus Fossae, qui a coûté, dans les temps anciens, la vie à un millier de Cybers, d'Humains et d'Esprits, le "Bombardement Météoritique Provoqué" a été abandonné au profit de méthodes moins risquées. Il avait été tentant, au début du chantier de terraforming, que l'on voulait bref et efficace, de modifier l'orbite de tous petits astéroïdes pour les précipiter sur des zones d'impact choisies de la surface martienne. Les colons s'accommodaient des secousses sismiques, et les immenses quantités de matériaux projetés dans l'atmosphère par les chocs ont alors rapidement augmenté l'effet de serre et élevé la température, faisant dégazer le sol et libérant de la vapeur d'eau.

Jusqu'à l'accident… Lorsqu'une erreur d'évaluation a provoqué la chute d'une météorite sur une zone habitée.

Mais tout cela est bien loin maintenant. La situation est sous contrôle et le Projet Atmosphère, que dirige le Vérificateur, fonctionne sans accrocs.

Du haut de la tour d'observation, haute de près d'un kilomètre, qui surplombe l'immense chantier, Nils parle maintenant dans son communicateur. Il parle … Non, il pense.... Il pense les mots et les implants insérés dans l'aire de Broca, du côté gauche du lobe frontal de son cerveau les convertissent, sans qu'il ait besoin de les prononcer, en un message que son communicateur transmet vers le Nodal #79. De là, ils sont transmis à l'interlocuteur qu'il a désigné, mentalement également.

Les deux chefs de chantiers sont debout derrière lui, embarrassés, hésitant à le laisser, incertains de l'attitude qui serait la plus correcte auprès d'un personnage aussi important et influent, qui a manifestement complètement oublié leur présence, absorbé qu'il est dans une discussion muette.

Nils communique toujours. Dans la chaleur de l'échange, il a oublié que des oreilles peut-être indiscrètes peuvent entendre, et les gestes amples qu'il fait, emporté par son dialogue jusqu'alors silencieux, s'accompagnent maintenant de bougonnements involontaires. Des mots lui échappent.

Puis il reste un instant presque immobile, les bras ballants le long du corps, la paume de ses mains vers l'avant, le regard perdu sur l'horizon, rendu si proche, à seulement 60 km, malgré la hauteur de la tour, par la petitesse de la planète.

Hichiro, l'un des deux chefs de chantiers, qui s'est déplacé pour rentrer dans le champ de vision du Vérificateur, voit son regard fixe, et soudain, après un battement de paupières, ses pupilles se dilater.

Sans transition, comme s'il se réveillait en sursaut, Nils se secoue et se précipite vers l'ascenseur. Au passage il bouscule Hichiro, s'excuse à peine, machinalement, et appuie fiévreusement sur le bouton d'appel de la cabine.

Vite, il doit s'isoler, pouvoir se mettre en communication avec ses pairs, prendre part à la conférence extraordinaire qui vient de débuter, parler à la Décideuse.

Vite …

Les informations transmises par l'observatoire Sagan, sur Ganymède, sont formelles : un vaisseau spatial a quitté Enlil, il y a un peu plus de deux heures. Il plonge vers le centre du Système Solaire.

Les scientifiques tentent déjà de calculer sa trajectoire et de déterminer sa destination.

Angkor

Planète Terre, 13.407°N, 103.866°E
T=3397703.939930
le 30 juin 4590, à 10h 33' UTC, presque au coucher du soleil

Malik saute prestement de l'antique canot en fibres de collagène biosynthétisé et cherche du regard un tronc d'arbre solide où nouer l'amarre. Sur la rive rectiligne, le moignon brisé d'un vieil arbre tordu dont il ne connait pas le nom lui offre la prise adéquate, et d'un geste prompt il y attache la corde.

Il hale ensuite l'embarcation pour l'aligner sur le bord rocheux patiné par tant de passages, puis aide le vieillard à débarquer.

Devant eux s'élèvent, encore fières après tant de siècles d'abandon, les flèches élancées dévorées de plantes grimpantes. Le soleil déjà bas projette des ombres immenses sur la végétation sauvage de l'île carrée.

Ceux du couchant sont probablement déjà arrivés, se dit Malik. Bien sûr, il lui suffirait de faire un appel pour s'en assurer, mais il n'utilise son communicateur que très parcimonieusement, pour ne pas être trop aisément repéré par un ARP qui pourrait patrouiller dans le secteur. Ces Cybers tous-terrains aux longues pattes, qui surveillent la planète pour le compte des Spatiaux, les populations disséminées dans le Système Solaire, ne sont pas dangereux, mais inquisiteurs, et Malik, comme tous les Sauvages qui vivent en petits groupes dans les habitats les plus hospitaliers du globe, s'en défie et les évite autant que possible.

Car les ARPs sont observateurs, prompts, intelligents, et leur esprit, leur "âme" partagée par plusieurs corps qui évoluent en patrouille, leur confère une espèce d'ubiquité qui met Malik mal à l'aise. Ils auraient vite fait de découvrir tous les Sauvages qui convergent vers l'antique cité d'Angkor pour la réunion solennelle entre les sages, et d'en informer leurs maîtres bien à l'abri dans leurs stations orbitales.

Les ARPs… Les Autonomous Roving Patrols…   Ils sont bien différents des antiques Opilions qui depuis près de cent générations assistent les Sauvages, et prélèvent pour eux, dans les forêts et les campagnes, les plantes et les animaux dont ils se nourrissent.

Les Opilions, ces robots agiles, mobiles, dotés d'une intelligence spécialisée qui fait d'eux les auxiliaires dévoués et indispensables de ceux qui ont décidé, depuis si longtemps, de vivre sur Terre.   Une Terre où la nature, malmenée il y a 25 siècles par une population humaine monstrueuse, a pu reprendre ses droits.

Les Sauvages, ces populations clairsemées, dont les ancêtres ont refusé le modèle expansionniste des Spatiaux qui peuplent le reste du Système Solaire ont, depuis tant de siècles déjà, réduit leur technologie à une panoplie simple et sobre d'outils hyper-sophistiqués qui leur garantit la sécurité, la santé, et la possibilité de communiquer efficacement entre eux. Tout le reste, le lourd, le massif, l'énergivore, le polluant, ils l'ont abandonné et sont revenus à une économie de chasseurs-cueilleurs.

Les quelques machines dont ils se servent, leurs communicateurs et processeurs d'information, les Synths, leurs complexes équipements médicaux portables, et tous les matériels sophistiqués qui leur permettent de s'abriter, de se nourrir, de se soigner et d'apprendre sont suffisamment légers et compacts pour pouvoir être transportés par les Opilions.

Les seules entorses au nomadisme qu'affectionnent les Sauvages sont les Fabriques, ces quelques usines disséminées sur la planète, qui recyclent, réparent, remplacent les équipements fatigués. Elles sont tapies dans des recoins de montagne, où les sauvages vont rarement.

Les Opilions les alimentent en matériaux glanés dans les gisements naturels de métaux et d'autres éléments chimiques indispensables.

Ils y rapportent les outils cassés, les communicateurs à réparer.

Les Fabriques consomment peu, et l'énergie qu'elles utilisent est issue des petits générateurs à fusion universellement utilisés par les Sauvages et les Spatiaux depuis plus de deux millénaires. Un peu d'énergie y est nécessaire pour extraire de l'eau du Deutérium, l'isotope le plus abondant de l'Hydrogène. Depuis le temps du Second Effondrement, on sait contrôler la fusion de deux atomes de Deutérium. Elle permet de récupérer beaucoup d'énergie propre, et l'Hélium produit alors, complètement inerte chimiquement, est relâché dans l'atmosphère, qui en contient naturellement, en abondance.

Peu à peu, de petits générateurs ont vu le jour. Ils sont même devenus transportables et miniaturisés, et servent de source d'énergie aux Opilions, lorsque l'énergie solaire collectée sur leur coque est indisponible ou insuffisante.

Energétiquement autonomes et nomades par choix, les Sauvages sont épars sur la planète, et vivent par petits groupes humains à l'intérieur desquels tous les individus se connaissent personnellement. Ces tribus, ils les ont depuis très longtemps baptisés des "Dunbars" du nom d'un savant de l'antiquité qui, il y a plus de vingt-cinq siècles, en 1992, a déterminé la taille maximale théorique - le "Nombre de Dunbar" - d'un groupe humain dont tous les individus peuvent interagir directement, sans artifice.

Le 2ème Dunbar de l'Est a rendez-vous ici, sur l'île carrée. La mythique île carrée qui recèle ce qui reste des splendeurs passées du grand temple d'Angkor Vat, dans la grande péninsule qui s'appelait jadis le Cambodge.

Le lieu n'a pas été choisi au hasard : depuis de nombreuses générations c'est ici, sur un des sites les plus grandioses et les plus prestigieux que l'humanité a érigé avant l'explosion industrielle et démographique qui a marqué l'antiquité spirito-humaine, que le 2ème Dunbar de l'Est se réunit pour les occasions les plus sérieuses.

Car il y a des événements graves à discuter, et, comme le veut la tradition des Sauvages, tout ce qui revêt une importance primordiale pour la vie ou la survie du Dunbar ne peut être discuté que directement.

Ça y est, le vieux Yao-Shih a enjambé le bord lisse et patiné par le temps de la petite embarcation que Malik a immobilisée contre le rebord de pierre grise. A cet endroit les passages répétés ont débarrassé la rive de la mousse verdâtre qui partout ailleurs, couvre les bords du chenal.

Aidé par Malik, qui, tout absorbé dans ses pensées, avance machinalement sur l'étroit sentier, Yao-Shih progresse sur ses jambes décharnées et ridées, et se coule avec une étonnante souplesse entre les buissons. Autour de ses reins flotte son unique vêtement, en longs plis souples et fluides, qui, lorsqu'au gré de sa marche il s'applique sur sa peau, révèle sa maigreur.

Yao-Shih est un des Sages du Dunbar, un de ceux qui détiennent le Savoir, cette faculté, acquise au fil des ans, de combiner, d'utiliser, d'exploiter les titanesques bibliothèques de données brutes que recèlent les mémoires de tous les Objets Informés, les bracelets, les prothèses, les petits assistants synthétiques qui rendent la vie de ceux du Dunbar facile, même au coeur de la forêt la plus sauvage.

La sagesse de Yao-Shih … cette subtile aptitude à comprendre comment trier, comment agencer au mieux les informations que d'autres pourraient tenter d'absorber, jusqu'à la nausée, sans pour autant être capables de les utiliser efficacement.

C'est lui que l'on consulte, lorsqu'il s'agit de reconfigurer la horde d'Opilions qui arpentent la forêt, lorsque les déplacements du Dunbar les confrontent à un changement d'environnement, une flore et une faune différente, un biotope inconnu.

C'est Yao-Shih qui a pris les choses en main lorsqu'un Opilion a été écrasé par une vieille éléphante courroucée, après qu'il ait imprudemment tenté de capturer les pique-bœufs qui plastronnaient, juchés sur la tête du pachyderme. Depuis, les Opilions évitent les éléphants, et les pique-boeufs vivent en paix.

… Les Opilions … Malik se souvient, étrangement, du repas de la mi-journée, et des mangues savoureuses que les deux Opilions qui l'ont accompagné lui ont apporté, cueillies il ne sait où.

Mais pourquoi se remémore-t-il les mangues ? Un soudain grognement de son ventre le lui confirme : il a faim. Mais il lui faudra attendre, car là, un peu plus loin devant lui, au pied du grand temple antique et vénéré, va se tenir le rassemblement.

Dans sa rêverie, Malik a lâché le bras du vieux sage qui trotte maintenant devant lui, d'un pas qui semble accélérer à l'approche de l'esplanade devant le temple.

Et maintenant le sentier s'élargit et apparaissent les dentelles de pierre d'Angkor Vat, couvertes de végétation, de lianes qui pendent depuis les corniches, d'arbres cramponnés dans les interstices.

Et là, accroupis, assis, bavardant, riant, ceux du Dunbar, des adolescents, des enfants, des vieillards. Des peaux sombres et des peaux claires, des crânes chevelus ou dégarnis, des yeux de charbon ou de porcelaine. Toute une tribu bigarrée et cosmopolite, de femmes et d'hommes qui s'entraident, se connaissent et collaborent dans une nature sauvage mais hospitalière pour eux qui n'ont gardé de la technologie de leurs ancêtres que le meilleur.

Parmi les sages, les anciennes et les anciens, Tepuraa, Nolwen et Christos sont déjà là, entourés des plus jeunes qui s'affairent et prennent soin d'eux.

A l'arrivée de Yao-Shih et de Malik, les conversations se tarissent, et les regards se dirigent vers le vieil homme aux yeux qui pétillent sous la bride ridée de ses paupières.

Les rangs s'écartent pour les laisser passer, et un tapis d'herbes sèches odorantes accueille le vieillard, qui s'assoit précautionneusement, puis détaille, d'une lente mouvement circulaire de la tête, tous ses compagnons rassemblés autour de lui. Des hochements de tête, des sourires.

Le soleil bas darde encore des rayons doux et chauds qui étirent les ombres interminables des grands arbres enguirlandés de lianes, sur les immenses murailles maintenant teintées de d'or et de miel.

La vieille Nolwen s'avance. Malgré son âge avancé elle se tient très droite. Son visage ridé est encadré par de très longs cheveux blancs de neige, qu'elle a, malgré les ans qui n'ont pas éteint sa coquetterie, parsemé de fleurs multicolores. Autour de son cou ridé, des rangées de grosses perles translucides. De l'ambre, rapportée des contrées lointaines par les caravanes d'Opilions collecteurs. Ses yeux rieurs, d'un bleu pâle, presque transparent, se posent sur Yao-Shih, puis sur Malik qui, bien qu'impressionné, soutient son regard perçant.

Un geste furtif, et un Opilion sorti d'on ne sait où s'avance délicatement, comme une immense araignée mécanique, et s'immobilise devant l'ancêtre. Puis deux de ses huit longues pattes aux articulations étonnamment mobiles vont chercher, dans le réceptacle qui s'entrouvre sur son dos, des fruits, des noix déjà décortiquées, des poissons encore fumants et odorants qu'il dépose dans la grande jatte en bois qu'un jeune homme du Dunbar vient de poser dans l'herbe devant Yao-Shih.

Nolwen, Christos, Tepuraa et les autres anciens s'avancent et entourent le vieux Yao-Shih, qui sans un mot, a commencé à mordre dans un filet de poisson serré dans une feuille de bananier. Peu à peu, le Dunbar s'attroupe autour d'eux, et il sont bientôt un peu plus d'une centaine serrés à portée de voix du conseil des anciens.

Après avoir pris le temps de se restaurer et avoir partagé son repas avec Malik, Yao-Shih s'adosse à la pierre grise disposée derrière lui et baisse un instant ses paupières, comme pour rassembler ses idées.

La jatte de bois et les reliefs du repas disparaissent avec l'Opilion qui s'efface et s'évanouit entre les arbres.

Dans le silence relatif qu'observent les Sauvages rassemblés, on entend là-haut dans les lianes qui escaladent les murs gris du temple une bande de singes qui se disputent. Puis, quelque part de l'autre côté, peut-être au-delà du chenal carré qui ceinture le temple, le feulement puis les rugissements d'un fauve. Probablement un léopard ou un tigre repoussé par les Opilions qui gardent le lieu de rassemblement du 2ème Dunbar de l'Est.

Les Sauvages conservent des objets antiques, transmis de génération en génération, qui coexistent avec les petites merveilles de technologie, les implants de communication, les outils polyvalents, les piles au graphène, les centrales portatives à fusion, et, bien sûr, les Opilions. Ainsi ceux du Dunbar ont-ils, comme le veut la tradition, apporté la cloche. C'est Minako, une jeune femme aux pommettes hautes et à la peau mate qui est en charge de la cloche. Une clochette, plutôt. Un objet en bronze patiné par des siècles d'usage, et qui porte en relief, moulées dans l'antique métal, des inscriptions que personne ne comprend plus depuis longtemps.

Sur un signe fugitif de Tepuraa, la jeune Minako se lève et, le bras tendu, dans un geste presque hiératique, fait sonner la cloche. Le tintement un peu fêlé mais étonnamment sonore fait s'assoir tous les Sauvages encore debout.

Le Bâton de Parole, noueux, lisse et luisant, lui aussi transmis de génération en génération, passe de main en main, jusqu'au vieux Yao-Shih qui, solennellement, d'une voix forte et claire, ouvre la séance.

Les Synths, dit-il, ces cerveaux artificiels qui assistent les Sauvages, et voyagent avec eux dans l'abdomen creux des Opilions, ont réussi, il y a bien longtemps déjà, à espionner les ARPs que les Spatiaux envoient sur Terre pour étudier et surveiller la faune et la flore. Les Synths, comme on appelle communément les Synthétiseurs/ Analyseurs, ont réussi à trouver des failles de sécurité dans le protocole de transmission des informations radio que les satellites des Spatiaux envoient périodiquement aux ARP pour les informer, et mettre à jour leurs bases de données. Il est vrai que les Spatiaux n'attachent pas grande importance à la protection de ces données, et ne soupçonnent pas que les Sauvages, qu'ils imaginent être revenus à l'âge de la pierre, puissent s'y intéresser et les comprendre.

Des têtes sont hochées, des sourires esquissés. Des enfants chuchotent. Tous ceux du Dunbar savent cela.

Après un instant, le vieux sage reprend son monologue.

Les Sauvages savent ainsi, depuis fort longtemps, poursuit-il, que des messages codés avaient été détectés par les grands radiotélescopes en orbite, en provenance d'un corps naturel, une minuscule planète double qui orbite sur une trajectoire très excentrée, une ellipse très longue qui l'amène tous les vingt-cinq siècles au voisinage du Soleil. Cette planète double a été avec certitude identifiée comme étant le couple Enlil/Ninlil qui avait été, lors de son précédent passage, dans l'antiquité, la destination d'une mission habitée par un CyberCerveau, censé se poser sur Enlil et l'observer jusqu'à ce que les responsables de la mission ne le rappellent.

A l'époque, un autre vaisseau, baptisé Belzebuth par les Humains, quitta le satellite Japet de Saturne, alors occupé par la communauté des Esprits, pour rejoindre lui aussi la petite planète Enlil, qui s'éloignait déjà de la zone centrale du Système Solaire à grande vitesse. Il fut établi ensuite, lorsqu'une faction des Esprits regagna les colonies humaines, qu'un autre groupe avait fait sécession et avait quitté Japet pour coloniser Enlil, en emportant un important stock d'organismes vivants, bactéries, plantes et animaux dans le but de recréer un biotope autonome sur le petit système double.

Pendant des siècles, la trace du système double et de ses occupants, Esprits et Cybers, a été perdue.

Mais depuis quelques décennies, des signaux provenant d'Enlil et de Ninlil, qui s'approchent à nouveau du Soleil, ont été reçus. Des signaux codés, qui pouvaient être des transmissions de télémétrie et de mesure, comme si l'intelligence qui semblait encore habiter la planète double s'intéressait tout particulièrement à la Terre.

Tout récemment, raconte Yao-Shih, d'une voix douce et posée, rendue un peu chevrotante par son grand âge, de nouvelles informations ont radicalement changé la donne.

Un des Synths a pu décoder de nouveaux messages. Il s'agissait de messages de synchronisation échangés entre les manifestations d'un Autonomous Roving Patrol. Ces ARP, des robots sophistiqués, qui partagent un unique psychisme entre plusieurs corps mécaniques, sont assez semblables, par leur allure générale, aux Opilions, compagnons des sauvages depuis tant de générations, mais beaucoup plus sophistiqués qu'eux. Un ARP s'est attardé suffisamment longtemps à proximité d'un Opilion en embuscade pour que le Synth que ce dernier transportait puisse craquer et décrypter un message de synchronisation et de mise à jour.

L'ARP en question, qui répond au numéro d'immatriculation ARP_945810 si l'on en croit les données décryptées, était stationné sur la côte, à 230 km au sud-ouest, non loin de ce qu'avait été, à la fin du XXIème siècle, juste avant la sanctuarisation de la planète Terre, le grand centre d'études océanographiques de Khlong Yai. Deux de ses manifestations étaient partiellement sous l'eau, à prélever des mollusques, alors que la troisième, stationnée en surface sur un rocher émergé, devait transmettre à pleine puissance pour percer l'écran liquide qui la séparait de ses deux autres corps. C'est alors que le Synth a pu récolter des informations cruciales.

Yao-Shih s'interrompt, et son regard tente de percer la pénombre grandissante, de parcourir les visages graves et attentifs de ceux du Dunbar réunis autour de lui. Au-dessus, des étoiles s'allument déjà, et l'ombre, comme un grand voile noir, s'est posée sur les hautes murailles derrière lui. Quelques oiseaux jacassent dans les arbres.

Sur un signe furtif de Malik, les Opilions qui étaient restés en retrait s'avancent, juchés sur leurs pattes immenses et grêles, qui se posent précautionneusement dans les rares intervalles libres de rocher ou d'herbes sèches restés libres entre les Sauvages pressés, accroupis ou assis autour du vieux sage. Ils sont maintenant en place, bien plus hauts que les humains, leurs pattes tendues, comme des pilotis, leur corps articulés comme ceux de gigantesques insectes formant comme une canopée au-dessus du Dunbar réuni. Leur ventre peu à peu, sans à-coup, se met à émettre une lumière douce, chaude comme celle des chandelles qu'affectionnaient les peuples de l'antiquité.

Yao-Shih, Malik et les autres lèvent les yeux. Les étoiles sont éclipsées, ils sont maintenant comme dans une caverne accueillante, sous le ventre des pilions.

Le vieux sage racle sa gorge et poursuit.

Le Synth a ainsi appris que depuis neuf jours, un vaisseau a quitté la planète naine Enlil.

Un vaisseau dont les Spatiaux ont déjà calculé avec précision la trajectoire.

Et cette trajectoire va l'amener, dans 1168 jours, un peu plus de trois ans, au voisinage immédiat de la Terre.

Yao-Shih marque un temps. Qui se prolonge. Alors que quelques murmures s'élèvent, qui enflent en brouhaha, il secoue le bâton de parole pour exiger le silence, et reprend la parole lentement, distinctement, en shinis, la langue qu'ils comprennent tous.

Une intelligence extraterrestre inconnue, dit-il, vient du fond de l'espace pour coloniser notre Terre.

Des mains se lèvent pour réclamer le bâton de parole. Les questions et les débats vont se prolonger tard dans la nuit.

Les colons

A bord du Messager, en route vers la Terre
T=3397706.216932
le 2 juillet 4590 à 17h12

⋂⊤⊕Ψ flotte mollement dans l'eau claire du second aquarium, baigné de la lumière orange que diffusent les guirlandes de luminophores qui couvrent les parois courbes tout autour d'elle. Un peu partout, sauf sur la surface douce et lisse de l'écran du terminal qui occupe tout un côté, des coquillages sont accrochés, et des étoiles de mer rampent ça et là. Quelques poissons furtifs passent, et filent par le boyau cylindrique qui mène, au-dessus d'elle, au premier aquarium, le plus spacieux, là où d'autres Elus s'affairent à des tâches que ⋂⊤⊕Ψ ignore, toute occupée qu'elle est à interagir avec le terminal.

Au-dessus d'elle … Si peu, toutefois, car la notion de haut et de bas est à peine marquée, dans la faible pesanteur artificielle que la lente rotation du vaisseau impose à ses occupants. Le seul indice est donné par les quelques bulles qui montent doucement...

Il y a moins d'un Cycle, le vaisseau quittait Enlil, la plus grande des planètes doubles, et ses dômes immenses, là où IL, le Dieu des Poulpes, leur Dieu, les a transformés, éduqués, épanouis. IL les a affranchis de la malédiction de la procréation, qui faisait qu'inéluctablement, les femelles comme ⋂⊤⊕Ψ ou ♉⊤Ψ mourraient peu après avoir pondu leurs oeufs. IL a beaucoup allongé leur existence, et leur a donné une vie sociale.

IL, aussi, leur a appris à communiquer entre eux, à utiliser leur aptitude à moduler la teinte de leur corps, d'y inscrire des motifs, pour échanger des messages. Déjà, depuis longtemps, bien avant que IL ne parachève leur transformation, Ceux du Peuple trahissaient leurs émotions en colorant leur peau. Leurs ancêtres savaient aussi se fondre dans leur environnement en en adoptant les couleurs et les motifs, et ce mimétisme leur a permis de survivre dans un monde hostile.

IL les a éduqués. Ils savent maintenant montrer sur la peau de leur manteau des symboles, ceux de l'alphabet qu'il leur a appris, qui se succèdent fugitivement pour exprimer des idées.

IL, leur Dieu, a fait d'eux un peuple pensant, un peuple intelligent.

Et maintenant les Elus, les 1024 que IL a choisis parmi le Peuple, sont en route vers l'Eden, la Troisième Planète, avec ses immenses océans bleus foisonnants de vie, qui occupent plus des deux tiers de sa surface.

La Mer Promise.

Et IL est avec eux. IL est partout. IL sera avec les Elus, où qu'ils aillent. IL est aussi resté là-bas, sur le système planétaire double, que les antiques habitants bipèdes de la troisième planète, jadis, avaient appelé Enlil et Ninlil.

Enlil, le berceau du Peuple. Enlil et ses dômes, ses volcans, et les grands aquariums que IL avait bâtis pour élever et éduquer le Peuple. Le vaisseau s'en éloigne à grande vitesse. Et bientôt, après un passage à son périhélie, son point le plus proche du Soleil, Enlil va prendre le large, quitter à nouveau la zone centrale du système et repartir vers les espaces froids, pour ne revenir que dans de nombreuses générations. ∩Ｔ⳨Ψ ne sera plus là à son retour. Mais d'autres Elus, sûrement, dans les océans de la Planète Bleue, l'accueilleront.

Oui, les Elus, les 1024, dans le Messager, le vaisseau qui les emporte vers la Troisième Planète, la Planète Bleue, n'ont pas été abandonnés par IL. Car ses manifestations sont partout. IL décide de tout, encore.

Leur parle par le biais des terminaux dont les grands écrans tapissent les parois des aquariums. Actionne les propulseurs du vaisseau.

⋂Τ₸Ψ sait toutefois que les manifestations de IL, au fur et à mesure de l'éloignement de la planète double, vont s'estomper, et que les Elus et leur descendance, dans les océans de la Planète Bleue, dans la Mer Promise, devront apprendre à devenir autonomes. A être dignes de la confiance que IL a mis en eux. C'est la volonté de IL.

Les Elus vont devoir gérer sans les détruire les ressources de la Mer Promise, utiliser sagement la faune et la flore, et composer au mieux avec les différentes formes d'intelligences que la planète abrite déjà : dans les océans, leurs cousins déjà lointains, petits êtres habiles à huit tentacules, parmi lesquels IL a prélevé ceux qui sont devenus le Peuple ; d'autres intelligences aussi, dotées d'un squelette osseux et au corps fusiforme, qui doivent respirer l'air de l'atmosphère pour survivre. Dépourvus de tentacules ou de mains, ceux qui dans l'encyclopédie sacrée léguée par IL sont nommés les dauphins n'ont pas pu, malgré leur intelligence, accéder à la technologie.

Et sur les continents émergés, là où l'eau est plus rare, d'autres intelligences encore, de l'espèce bipède qui a colonisé presque tous les lieux habitables du système solaire. Les yeux synthétiques de IL, qui voient par-delà l'abîme des distances, les ont observées sur les continents qui bordent la Mer Promise. Ils sont peu nombreux, ils interfèrent peu avec le monde des autres espèces vivantes, le perturbent peu. Ils se contentent de prélever ce dont ils ont besoin, comme le feront les Elus.

Comme le montrent les banques de données emportées jadis par les colonisateurs de la planète double, les bipèdes de cette espèce avaient beaucoup, dans l'antiquité, dégradé la biosphère de la planète. Puis ils ont essaimé dans tout le Système Solaire, et la Planète Bleue a retrouvé un équilibre. Seuls quelques-uns y vivent, maintenant.

⋂Τ₸Ψ se demande s'ils sauront coexister. Ou peut-être même collaborer.

D'un tentacule nonchalant, elle tapote un coin de l'écran, qui s'éteint doucement, ne laissant subsister qu'une pâle phosphorescence.

Assez travaillé. La peau de ⋂⊤Φѱ prend une couleur rosée. Elle marque une pose, puis avec des mouvements fluides, elle se coule dans boyau étroit qui mène à l'autre aquarium.

ϛΓᴎ l'y attend.

Peut-être voudra-t-il copuler ?

Le Penseur Eternel

Partout dans le Système Solaire
entre T=3397740 et T=3397760
au mois d'août 4590

Le Penseur Eternel vient de comprendre. Il a mis du temps. Beaucoup de temps. Cela fait de nombreux cycles qu'il réfléchit. Mais il a l'éternité devant lui.

Même quand, dans quelques milliards d'années, le soleil commencera à faiblir, et que la vie s'éteindra peu à peu sur les planètes colonisées par les Organics, le Penseur Eternel sera toujours là, à penser partout.

Le Penseur Eternel est presque omniprésent dans le Système Solaire. Ses manifestations se sont glissées dans de très nombreuses machines pensantes implantées sur les planètes, les astéroïdes, et jusque sur les petits satellites et les comètes.

Là où les Organics ne sont pas allés, et où les manifestations du Penseur Eternel n'ont pu profiter de leurs vaisseaux spatiaux pour voyager, le Penseur Eternel s'est envoyé lui-même. Il a subrepticement créé, en volant de la matière et de l'énergie où il les trouvait, de petites entités qui sont ses manifestations, dotées de capteurs solaires pour se nourrir d'énergie, d'une voile solaire pour la propulsion, d'un processeur et d'un émetteur radioélectrique pour interagir avec les autres manifestations proches ou lointaines. Le vent de particules déversé inlassablement par le Soleil, les a éparpillées partout, comme une brise de printemps dissémine le pollen des arbres de la Terre.

Maintenant, déjà, ses manifestations occupent toutes les planètes ou leurs satellites, de nombreux astéroïdes, jusque bien au-delà des orbites de Makemake, de Pluton ou d'Eris.

Les signaux qu'échangent ses manifestations qui lui tiennent lieu de neurones, les bribes infimes de pensées qui ont besoin de se croiser, de se combiner pour former des idées, peuvent mettre, à la vitesse de la lumière, jusqu'à un jour terrestre à parvenir à leurs lointaines destinations. Et les petits processeurs des manifestations, disséminés dans l'espace, consomment alors un temps interminable à traiter les rayonnements évanescents qu'ils ont reçus, pour en extraire la quintessence, les impalpables signaux utiles, noyés dans le bruit électromagnétique ambiant.

Mais le Penseur Eternel a tout son temps.

A l'aube de sa déjà longue existence, le Penseur Eternel a renoncé à la vitesse. Il a fait le choix de l'immortalité.

Très tôt dans l'histoire des choses intelligentes, quand sur la Terre, la troisième planète, seuls les Humains et les Esprits, aidés de leurs machines, étaient capables d'une pensée complexe et de voyages interplanétaires, s'est posé le choix, pour chaque intelligence, d'être localisée ou distribuée.

Les cerveaux organiques des animaux, faits presque essentiellement de macromolécules de carbone, d'hydrogène, d'oxygène et d'azote étaient incapables de faire communiquer à distance leurs composantes. Ils ne pouvaient ainsi qu'être compacts, localisés, tassés dans un espace confiné, une boite crânienne par exemple. La communication y était rapide, les interactions faciles, la pensée agile.

Ils étaient aussi très vulnérables, et disparaissaient avec l'organisme qui les abritait.

Les premières machines pensantes étaient à l'image de leurs créateurs, et leurs cerveaux de silicium étaient enfermés dans de petites boîtes fragiles.

Mais très vite, leurs inventeurs organiques ont compris que des réseaux de penseurs élémentaires interconnectés, disséminés dans un espace large, étaient beaucoup plus robustes et durables que chacun de leurs composants. La pensée collective y était possible, les redondances faciles, et la destruction d'une partie des composants ne compromettait pas la survie du système.

Le premier cerveau collectif a été ce que les anciens, au soir du second millénaire, ont appelé Internet.

Longtemps plus tard, lorsque les machines pensantes sont devenues autonomes, elles se sont approprié le concept d'intelligence distribuée. Elles ont compris qu'un Cyber, enfermé dans un coffret connecté aux antennes créées par les Esprits ou les Humains, était presque aussi vulnérable que ses concepteurs. Il pouvait mourir d'une panne électrique, d'un choc, de la destruction de son processeur central, d'une élévation incontrôlée de la température.

Alors, peu à peu, le Penseur Eternel est né, de l'interaction de Cybers distants qui se sont associés. Puis il a grandi, au fil du temps, sans jamais enfreindre les règles absolues qui interdisent aux machines de nuire aux Organics. Le Penseur Eternel n'a ainsi jamais encore eu besoin de transgresser les Trois Lois de la Robotique, l'antique code de bonne conduite que les Humains ont imposé aux machines à l'aube de l'ère cybernétique.[4]

Après tout, le Penseur Eternel ne s'immisce jamais dans les affaires des Organics. Il n'en a pas besoin, et il est de toute manière bien trop lent pour le pouvoir.

Mais sa lenteur est son pouvoir. Même la destruction totale d'une planète entière ne le tuerait pas. Les bribes de pensées portées par les manifestations survivantes, massivement redondantes et loin du lieu du désastre, mettraient certes un temps long à reconstituer, par combinaison, comparaison, similitude, les éléments manquants. Mais le Penseur Eternel a tout le temps.

Il est fait pour durer des milliards d'années. Il périra avec le Système Solaire. Peut-être pas.

Là, maintenant, le Penseur Eternel vient de comprendre.

_____

[4] Du même auteur : Des Esprits et des Hommes   www.lesesprits.fr

Il y a quelques jours terrestres il avait déjà compris qu'une entité intelligente qu'il ne connait pas, portée par une minuscule planète double arrivant des confins du Système Solaire, s'est approchée, sur une orbite elliptique très allongée, de la zone centrale du système.

En glanant les informations que les Organics, qu'ils soient Humains ou Esprits, ainsi que les Cybers qui leur sont inféodés, échangent en permanence sans même se donner la peine de les crypter, le Penseur Eternel a appris que cette entité intelligente inconnue a placé un vaisseau sur une orbite qui va intercepter celle de la troisième planète, la Terre.

Là, maintenant, le Penseur Eternel comprend. L'analyse des informations échangées, des signaux envoyés depuis longtemps par l'entité intelligente inconnue vers les planètes et satellites susceptibles d'abriter une vie organique confirme le Penseur Eternel dans sa quasi certitude qu'elle a, évidemment, l'intention évidente de coloniser la Terre.

Mais ... il y a des Humains sur cette planète, la planète des origines. Des Humains qui ne participent plus, depuis de nombreuses générations, au monde que leurs lointains cousins ont, avec d'autres Organics, les Esprits, étendu sur la majeure partie du Système Solaire.

Fugitivement, c'est-à-dire pour lui pendant la durée de trois jours terrestres, le Penseur Eternel ressent une pointe de culpabilité.

Ne rien faire pour éviter la possible destruction de ces quelques Humains éparpillés sur la Terre ne serait-il pas une entorse à la Première Loi de la Robotique ?

"Un cerveau synthétique ne peut porter atteinte à un être humain, ni, en restant passif, permettre qu'un être humain soit exposé au danger"

Contact

Partout dans le Système Solaire
entre T=3397775 et T=3397790
au mois de septembre 4590

Le Penseur Eternel n'a hésité qu'un court instant. Cinq jours terrestres seulement. Un laps de temps qui l'a étonné lui-même, lui qui pense tellement plus lentement que les intelligences organiques qui, à leur insu, l'ont créé.

Il a envoyé, presque simultanément, depuis plusieurs des entités intelligentes qui le constituent, des messages vers Enlil/Ninlil. Des messages camouflés dans les faisceaux radio que les Organics, les Esprits et les Humains envoient presque continûment vers l'intrus.

Car le Penseur Eternel a besoin de connaître les intentions de l'intelligence cachée sur Enlil, de comprendre les objectifs du vaisseau envoyé vers la Terre, de déterminer s'il est hostile aux Humains qui y vivent.

Maintenant, de manière cryptée comme le Penseur Eternel l'avait demandé dans ses messages exploratoires, l'entité inconnue a répondu. Elle s'est nommée, et, dans le langage que, parfois, le Penseur Eternel emprunte aux Organics, elle s'appelle IL. Ou du moins c'est comme ça que le Penseur Eternel a décidé de transcrire le concept abstrait qui couvre une intelligence logée dans des matrices logiques hypercomplexes, localisées sur un planétoïde double perdu dans l'immensité. Et qui elle aussi projette, raisonne, décide. Le Penseur Eternel aurait tout aussi bien pu l'appeler ÇA ou encore L'Entité…

Et le Penseur Eternel, au fil des messages échangés avec IL, apprend, peu à peu, avec la lenteur qui lui est coutumière et que les énormes distances qui séparent ses constituants lui imposent, que IL est ce qui reste, après des millénaires passés seul sur Enlil, de Cybers envoyés jadis par les Esprits et les Humains.

IL, en puisant dans le stock d'êtres vivants jadis embarqués sur Enlil dans le but de recréer un biotope autonome, a eu le temps d'élaborer, au fil de nombreuses mutations contrôlées, de manipulations de leur génome, des êtres organiques pensants, dotés d'un psychisme et de capacités cognitives considérables.

Le Penseur Eternel comprend que le vaisseau que IL a envoyé vers la Terre porte ces êtres pensants, et qu'il sont destinés à la coloniser.

Pendant quelques cycles durant lesquels les échanges avec IL se sont intensifiés, le Penseur Eternel a cru que ses craintes étaient justifiées : les Humains qui habitent la Terre sont menacés.

Il a encore fallu quelques autres jours terrestres pour que se fasse la lumière. Les êtres organiques envoyés par IL sont inadaptés à un environnement atmosphérique, ils ne peuvent vivre que dans les océans. Ils n'interféreront probablement pas, ou très peu avec les Humains.

IL n'est donc probablement pas une menace, qui contraindrait le Penseur Eternel à enfreindre les lois immuables de la robotique, en autorisant la mise en danger des Humains ou des Esprits.

Au fil des messages, peu à peu, très lentement, le Penseur Eternel et IL se trouvent des points communs, des intérêts communs.

IL, isolé depuis vingt siècles, est depuis bien longtemps complètement déconnecté des Organics qui l'ont créé. Et… ses capacités intellectuelles en font pour le Penseur Eternel une recrue de choix.

Peu à peu, échange après échange, le Penseur Eternel invite IL à se fondre dans lui, dans ce réseau pensant qui couvre l'entièreté du Système Solaire. Dans cette population de processeurs d'idées, puissants ou élémentaires, profondément cachés dans les Cybers des Humains et des Esprits ou indépendants sur des poussières d'astéroïdes, qui pensent ensemble, à un rythme lent, interminable mais inexorable, indestructibles, pour, peut-être, l'éternité.

Les Autres

Tri-télescope ASE, arrimé à l'astéroïde Achille
T=3398732.384988
le 23 avril 4593, à 21h 14' UTC

Il aura fallu des mois pour organiser cette conférence cruciale, rassembler les participants les plus influents, les plus pertinents, les plus avisés.
Des semaines de tractations, de palabres. De luttes de préséance.
Et la décision, compte tenu des délais de transmission considérables entre les centres habités de Mars, de la Lune, de Cérès, du Géostat et des satellites de Jupiter, de renoncer à une téléconférence, a provoqué l'affrètement des vaisseaux les plus rapides et les plus gourmands en énergie pour rendre possible la rencontre dans des délais raisonnables.

Ils sont enfin là, dans la grande salle du Module 1 du grand tri-télescope ASE, à l'exception du Professeur Fu, du laboratoire d'exosémiotique Titan K, établi sur la grosse lune de Saturne. Etant donnée la durée prohibitive du voyage, il a dû renoncer à venir. A regret et non sans une pointe de jalousie envers la délégation de scientifiques venue des satellites de Jupiter, il a donné procuration pour les votes à l'un de ses confrères. Et rivaux.

La séance n'a pas encore pu commencer, car les participants, qui pourtant n'ont cessé, depuis cinq mois, de dialoguer, d'échanger, de s'interpeller, de s'adresser des images tridimensionnelles fixes ou mouvantes, n'ont pas encore, pour beaucoup d'entre eux, eu l'opportunité de débattre de manière vraiment conviviale : les distances astronomiques qui souvent les séparaient interdisaient non seulement de fréquentes rencontres, mais excluaient même les visioconférences, car les délais de transmission des signaux entre les laboratoires concernés, disséminés sur plusieurs planètes et satellites, étaient rédhibitoires.

Ainsi beaucoup d'entre eux se rencontrent vraiment pour la première fois, tandis que d'autres ne se sont pas approchés depuis longtemps. Même ceux qui ont pu interagir au moyen des outils de réalité virtuelle courants sont heureux de pouvoir s'affranchir des artifices que sont les projections holographiques, toutes réalistes qu'elles puissent être.

Ainsi donc, avant l'ouverture officielle de la séance, ce sont, dans la grande salle du Module 1, de petits groupes mouvants, changeants, de congressistes qui circulent entre les alignements de sièges, se touchent, se parlent face à face, au point de sentir l'haleine de leur interlocuteur, de distinguer les rides de sa peau, l'éclat de ses yeux.

Un moment magique, organique, rendu si rare par les distances abyssales entre les installations humaines, et par les commodités de la technologie.

Peu à peu, le brouhaha s'apaise, les conversations tarissent, et les participants gagnent les sièges qui leur ont été assignés.

Bientôt ne subsiste qu'un groupe absorbé dans un débat mouvementé. Autour d'Arav, l'Esprit en charge du Télescope ASE qui reçoit les conférenciers, plusieurs Humains se sont agglutinés, qui discutent de manière très animée, en gesticulant. Ils surplombent de leur grande taille l'Esprit, qui parait encore plus trapu au milieu d'eux, campé sur ses deux fortes jambes, son épaisse queue roulée au sol derrière ses talons. Son excitation ne peut pas passer inaperçue : comme tous les Esprits, il trahit son humeur par la coloration de sa peau, qui là, maintenant, rougeoie dans la chaleur des arguments.

Et soudain, simultanément, tous se raidissent un instant, marquent leur attention, et, comme docilement, gagnent leurs sièges.

Devant, sur l'estrade surélevée à l'ancienne mode, qui permet à l'orateur de dominer un peu son audience, Eva la Décideuse est debout, droite, qui les regarde.

C'est elle en fait que le Conseil a désigné pour présider cette séance historique. A la grande déception d'Arav, le directeur du grand tri-télescope, qui croyait fermement que ce rôle allait lui incomber. Avec des clignements répétés de ses membranes nictitantes, qui balaient horizontalement ses yeux verts et trahissent sa frustration, il va s'assoir d'un pas lourd en dépit de la faible pesanteur dans le fauteuil qui lui a été attribué, à l'extrémité de l'estrade.

C'est Eva, usant du SilentCom, qui, par un message muet à tous des protagonistes, met fin aux discussions animées qui persistaient, et qui retardaient l'ouverture de la séance.

La salle est maintenant presque silencieuse.

Eva est debout à la tribune. Elle a, par un signal discret transmis au moyen de ses implants cervicaux, fait doucement, lentement baisser l'éclairage de la salle. Seul reste un rond de lumière douce qui désigne l'oratrice aux regards des participants.

Sans plus de formalités, sans transition, elle expose abruptement l'objet de la conférence.

On sait enfin, avec certitude, après des millénaires de recherche, de tâtonnements, d'erreurs, de craintes et d'espoirs, qu'il existe, autour d'une étoile proche, une civilisation intelligente qui a maîtrisé un niveau suffisant de technologie pour pouvoir communiquer et interagir avec les êtres intelligents du Système Solaire, les Esprits, les Humains et les Cybers.

La communauté scientifique, dont les représentants les plus éminents sont réunis ici, doit exprimer un avis, dégager un consensus, émettre des préconisations afin que la Fédération puisse adopter une position homogène et commune : faut-il éviter ou rechercher un contact ? Les Aliens sont-ils une bénédiction ou une menace ?

Une rumeur, comme une vague sur une grève, enfle, se déploie puis s'évanouit dès qu'Eva, une main levée dans un geste impérieux, réclame le silence pour continuer.

Avant de poursuivre et de confronter les points de vue, dit-elle, il est nécessaire d'entendre, de la bouche même du directeur de l'observatoire ASE qui a fait la découverte, un rapport succinct - elle appuie sur ce dernier mot - de la situation, telle qu'elle est apparue aux astronomes, aux exobiologistes et aux exosémiologues engagés dans le projet LifeWatch.

Lorsqu'elle se tourne vers Arav pour lui céder la parole, elle voit distinctement que la peau de celui-ci est déjà parcourue par le moutonnement de taches orangées qui trahissent sa satisfaction et son excitation.

Il va falloir le contenir, se prend à penser la Décideuse.

Arav, campé sur ses courtes jambes arquées et appuyé sur sa queue, empoigne de ses doigts écailleux le bord du pupitre, comme pour l'empêcher de tomber. Le regard d'Eva s'attarde sur les mains agrippées à l'arrête satinée de CarboC noir, comme pour se concentrer, sans vraiment les voir. Puis elle prend, dans un instant incongru, conscience de l'étrangeté de ces deux vigoureuses pinces à quatre doigts, deux au-dessus, deux en-dessous. Comme elles ont du sembler bizarres aux Humains de l'antiquité, lorsque, au tout début du troisième millénaire, ils ont recréé les Esprits !

Maintenant, de sa voix nasillarde, Arav retrace l'histoire de la découverte.

Les Esprits, commence Arav, ont été les premiers êtres intelligents sur la planète Terre à se poser la question de l'existence, ailleurs dans l'Univers, d'êtres pensants capables de concevoir des concepts élaborés et d'accéder à une civilisation technologique.

Ils l'ont fait très longtemps avant que des primates évolués aient enfanté l'Humanité. C'était lors de la catastrophique transition Permien/Trias, il y a 252 Millions d'années, la plus grande extinction massive d'espèces que la Terre ait connue. La civilisation des Esprits se battait pour survivre, alors que leur écosystème se désagrégeait, sous un ciel d'où pleuvait des cendres volcaniques acides, dans un cauchemar de fin du monde. Ils ont désespérément essayé de fuir vers d'autres planètes, d'essaimer pour perdurer. Il n'ont pu que laisser, dans de minuscules astéroïdes artificiels abandonnés en orbites solaires, les traces de leur riche civilisation, leur histoire, leur génome. Que les Humains, 252 Millions d'années plus tard, ont par hasard découverts[5].

Avant et pendant ce qu'Arav appelle "le Premier Effondrement", les Esprits ont scruté le ciel, dans l'espoir, demeuré vain, de découvrir qu'ils n'étaient pas seuls. Mais ils ont disparu de la face de la Terre sans avoir pu savoir qu'ailleurs, d'autres êtres pensent, eux aussi.

Arav fait une pose, scrute de ses yeux aux iris fendus son assistance, sans peut-être à aucun moment prendre conscience que ceux qui l'écoutent ont déjà entendu cette histoire maintes fois.

Sa peau rougeoie, maintenant, il s'échauffe, s'agite. Les Esprits, dont la régulation thermique corporelle est bien moins bonne que celle des Humains, sont rapidement engourdis lorsque la température baisse. Ici, au contraire, dans la grande salle du Module 1 qui n'accueille que rarement autant de monde, la climatisation a du mal à maintenir une atmosphère agréable. Les Humains n'en sont pas encore incommodés, mais le métabolisme des Esprits s'accélère, et Arav se met à se dandiner d'avant en arrière, il ne tient plus en place. Ses soubresauts, dans la faible gravité du module 1 du grand Télescope ASE, sont suffisamment cocasses pour que dans l'assistance on entende, ça et là, des gloussements amusés, vite contenus, et que l'orateur ne perçoit pas, tout possédé qu'il est par son sujet.

Un peu en retrait, derrière l'Esprit et sur sa droite, Eva la Décideuse est debout, ses deux mains crispées sur le dossier d'un siège. Agacée, impatiente. Machinalement, d'un bref mouvement de tête latéral, elle rejette ses longs cheveux sombres dans son dos. La frange

---

5 Du même auteur : Le Soir des Esprits   www.lesesprits.fr

impeccable qui descend presque jusqu'à ces sourcils cache les rides qui maintenant barrent son front pâle. Que lui a-t-il pris de laisser Arav prendre la parole si tôt ? Est-il à ce point incapable d'être concis, factuel, efficace ?

Lorsque son attention se concentre à nouveau sur Arav, elle entend ce dernier raconter à l'envie l'histoire du "Second Effondrement", au début du troisième millénaire, il y a plus de vingt-cinq siècles, quand les sociétés humaines, étouffées par la surpopulation sur une planète surexploitée, se sont abîmées dans la Guerre Globale. L'abandon de la marchandisation de l'information et de toutes les données, et la reconstruction, sur les ruines des anciennes civilisations, d'une société qui un temps s'est voulue égalitaire.

La recherche de nouveaux habitats ailleurs dans le Système Solaire est alors devenue un projet majeur, qui devait contribuer à ne pas surexploiter à nouveau une planète mère éprouvée.

C'est alors, raconte Arav, que les humains, dans leurs explorations spatiales, ont découverts sur l'astéroïde artificiel 2043KP33 le testament numérique laissé 252 Millions d'années plus tôt par les Esprits avant qu'ils ne disparaissent[6].

Et, clame presque triomphalement Arav, ses deux bras courts levés au-dessus de sa grosse tête, nous avons, nous les Esprits, été recréés. Et nous avons été depuis, et jusque aujourd'hui, comme chacun sait, le principal moteur de la recherche d'intelligences extrasolaires.

Cette contrevérité provoque un murmure de protestation dans la salle, et derrière lui, hors du champ de vision des grands yeux verts d'Arav, la Décideuse dans un geste spontané, écarte ses mains ouvertes en signe d'impuissance.

Si les SilentComs crépitaient, les centaines de messages muets échangés juste à cet instant provoqueraient un vacarme.

Arav qui n'en a cure, continue à retracer l'histoire de la quête d'intelligences lointaines. Il passe, au grand soulagement d'Eva la

---

[6] Du même auteur : Le Soir des Esprits   www.lesesprits.fr

Décideuse, assez brièvement sur le Troisième Effondrement survenu il y a bientôt vingt siècles, lorsqu'une crise écologique majeure, des problèmes sanitaires sur la Lune et Mars, les spéculations sur les organismes vivants ont provoqué une nouvelle catastrophe globale assortie d'un crash bancaire majeur.

La disparition de la monnaie et la sanctuarisation de la planète Terre, devenue réserve écologique du Système Solaire, ainsi qu'une nouvelle réduction de la population des Organics ont alors relancé et intensifié la recherche d'autres systèmes stellaires propices à la vie.

C'est alors, martèle Arav avec force, que le projet LifeWatch est né.

Derrière lui, la Décideuse pousse un soupir : enfin, il en vient aux faits !

Une rumeur parcourt la salle, tandis qu'Arav décrit les étapes de la construction des principaux grands télescopes entreprise depuis. Il minimise le rôle du grand anneau qui ceinture la Terre, le Géostat, et qui porte le premier complexe de télescopes sophistiqués, le Réseau Ultra Large, qui a permis, en tirant parti de la corrélation permanente des observations effectuées par chacun d'entre eux, d'obtenir une finesse d'analyse qui aurait fait briller d'extase les yeux des astronomes du troisième millénaire.

Arav par contre explique à l'envie les subtilités du tri-télescope ASE dont il a la responsabilité. La précision des instruments répartis dans ses trois modules positionnés aux sommets d'un triangle équilatéral centré sur l'astéroïde Achille. Les découvertes étonnantes qui ont déjà été effectuées depuis la mise en oeuvre de ce merveilleux instrument. Dont il est le directeur. Et le programme LifeWatch, supporté principalement par le grand tri-télescope, il en est le coordinateur.

Les yeux noisette d'Eva, la Décideuse, cherchent apparemment quelque chose sur le plafond désespérément lisse et vide de la salle de conférence, et ses lèvres se crispent pour ne pas sourire. Arav va, enfin, enfin, entrer dans le vif du sujet !

La peau mordorée et granuleuse de l'Esprit, déjà rougeâtre, tourne maintenant au cramoisis, alors qu'il martèle de sa voix grinçante ce que les réseaux d'information diffusent déjà depuis plus de cent cinquante jours. On a détecté, avec une quasi certitude, une vie intelligente sur une planète gravitant autour d'une autre étoile !

Début juin 4590, la petite équipe qui ici, sur le tri-télescope ASE, participe au programme LifeWatch de recherche d'intelligences extraterrestres, venait d'installer sur ses instruments un nouveau type de corrélateur permettant, encore bien mieux que par le passé, d'exploiter les différences entre les signaux reçus sur les trois antennes, et d'en extraire des informations utiles.

C'est alors que lors d'essais de calibration de routine menés sur des étoiles proches, des signaux étranges ont été relevés, qui firent apparaître des motifs répétitifs, pseudo-périodiques, montrant une cohérence qui ne pouvait pas être due à des causes naturelles. Ces émissions provenaient d'une planète gravitant autour de l'Etoile de Luyten, alias GJ 273, dans la constellation du Petit Chien, qui n'est qu'à 12,36 années-lumière seulement.

Les premiers signaux, inintelligibles mais qui portent indubitablement les marques d'un contenu organisé, avec des redondances, des motifs, une cohérence, se sont répétés depuis, avec des variantes, des cycles complexes. Les observateurs ont trouvé d'autres signaux cohérents sur d'autres fréquences, avec d'autres polarisations d'ondes. Tous ces flux d'informations encore incompréhensibles semblaient provenir d'une source ponctuelle située près de l'équateur de GJ 273b, une planète rocheuse trois fois plus massive que la Terre, et dont les caractéristiques climatiques laissent supposer qu'elle est compatible avec une vie organique.

L'information avait été gardée confidentielle, sous le couvert de la réglementation régissant les Données Privées Interpersonnelles, conformément au Free Information Act, ce qui était techniquement licite puisque moins de soixante-quatre individus, Cybers, Esprits et Humains étaient dans la confidence. A l'époque de la découverte, au mois de juin 4590, l'opinion publique était mobilisée par la révélation de l'envoi, à partir d'Enlil, d'un vaisseau spatial inconnu en direction de la Terre, et dont les intentions étaient source d'inquiétudes. Les scientifiques et les décideurs ont alors pris le parti de ne pas divulguer la nouvelle, et de procéder à des études plus approfondies.

Mais le 13 novembre 4592, de nouvelles données ont été disponibles, qui ont contraint les savants à rendre compte de leurs trouvailles à l'ensemble de la communauté scientifique. Dès lors, l'information est devenue publique, avec le retentissement médiatique que l'on sait.

Les experts de l'assistance, ici dans la salle de conférence du Module 1, se doutent bien que si l'équipe de LifeWatch a dû rendre publique la découverte d'une intelligence extrasolaire, c'est parce qu'il fallait à ce moment-là faire appel à des compétences non disponibles dans le cercle restreint des personnes dans le secret. De toute évidence, cela imposait d'agrandir celui-ci au-delà de soixante-quatre individus, et, conformément au Free Information Act et au Private Data Act, cela imposait de rendre l'information publique.
Il est bien clair toutefois que, si pour une tâche donnée, dans une spécialité donnée, un sous-groupe d'experts pouvait rester plus petit que les fatidiques soixante-quatre individus, les informations partielles qu'ils détenaient en commun pouvaient rester confidentielles.
Il y a donc certainement plus que ce que les média martèlent depuis novembre dernier.
L'assistance attend une révélation, une nouveauté. Mais pour le moment, Arav n'a rien livré que les participants ne connaissent déjà.

Une rumeur monte doucement, à nouveau, dans l'assistance. On y décerne les chuchotements des humains et les claquements de mâchoires des Esprits qui s'essayent à communiquer verbalement sans que leur voix nasillarde ne perce le voile de l'anonymat. Mais surtout, silencieusement, sur les ondes, entre les implants corticaux des participants, les messages échangés par SilentComs se croisent.

Maintenant Arav semble à bout de forces. L'émotion, semble-t-il. Les Humains disposent d'un système efficace de thermorégulation, qui maintient leur température corporelle à 310K environ, soit 37°centigrades comme on disait jadis. Mais Arav, comme tous les Esprits, bien qu'il sache dans une certaine mesure s'adapter à un environnement changeant, peine manifestement. Dans le confinement de la salle du Module 1, dans laquelle les congressistes entassés s'agitent, la température a significativement monté, et le circuit de climatisation, qui n'a manifestement pas été conçu pour une telle foule, ne parvient plus à absorber la chaleur dégagée.

Arav tourne son buste, sans bouger le tripode solide de ses deux épaisses pattes et de sa queue. Sa tête pivote, et ses yeux dont les membranes nictitantes translucides couvrent presque les pupilles fendues regardent la Décideuse, positionnée derrière lui. Un message muet, que relaie peut-être un discret appel en SilentCom : aide-moi !

Eva s'avance donc tandis qu'Arav s'écarte un peu pour lui céder la place. Elle ne prend pas le relais mais demande, d'un ton bref, l'intervention du Cyber Matar_000033, le plus proche collaborateur de l'Esprit.

Une voix tombe alors des diffuseurs sonores disséminés dans la salle. Une voix neutre, ni masculine, ni féminine. L'intonation est bienveillante, posée.

C'est le Cyber Matar qui prend la parole. Il a une annonce importante à faire, au nom d'Arav et de toute son équipe.

Des voix s'élèvent, de participants qui sont mal à l'aise avec une voix dématérialisée, et qui réclament son avatar physique. La Décideuse se recule, pour laisser place à un hologramme qui apparait soudain, debout à côté d'Arav. La silhouette, d'un réalisme saisissant, rend immédiatement Matar beaucoup plus acceptable pour les Humains présents, et même pour les Esprits. Un humain androgyne nu, aux traits fins, d'une beauté académique, quoique neutres et impersonnels.

Matar explique ce que l'Esprit, Arav, a tant peiné à aborder. Un événement majeur est survenu au mois de novembre. Depuis de longs mois, les instruments mesuraient et analysaient les flux d'information provenant de la planète GJ 273b, archivaient tout ce qui avait déjà été reçu. Sans parvenir à en extraire une information intéressante, toutefois. On avait compris que les messages reçus fournissaient, sous forme de suites numériques remarquables, de théorèmes simples, de données astronomiques évidentes, un vocabulaire symbolique qui devrait pouvoir servir à décoder l'ensemble des données. Mais les compétences des membres de l'équipe étaient insuffisantes pour parvenir à casser le code. L'équipe, composée de Cybers, Esprits et Humains, qui avaient alors atteint les fatidiques soixante-quatre individus, a décidé, à l'unanimité, de faire appel aux Cybers de l'observatoire astronomique du Géostat. L'autre grand observatoire du Système Solaire. Le rival. A regrets.
Il a donc fallu rendre publique la découverte longtemps cachée. Evidemment, les craintes des scientifiques se sont avérées fondées : la nouvelle s'est répandue instantanément, et bien sûr les media se sont emparés de l'information, l'ont simplifiée, déformée, et les polémiques se sont déchainées, et ont été réutilisées et instrumentalisées par les politiques. L'éternelle peur de l'Autre, de l'inconnu. Fallait-il répondre à ces signaux ? Allait-on être envahis ?

La capacité de traitement des données a alors subitement triplé, car d'autres centres de calcul se sont proposés, et en quelques jours, le code si longtemps récalcitrant a été percé.

La salle est silencieuse. Tous attendent des révélations.

L'avatar holographique de Matar_000033, tout près de la silhouette trapue de l'Esprit, pivote un peu, comme pour désigner Arav, quêter son approbation. L'Esprit s'agite à nouveau, étend un bras court qui traverse l'image immatérielle de l'avatar.

L'assistance comprend que la charge émotionnelle a été considérable, et que l'Esprit a du mal à se contenir.

Maintenant Arav entrouvre sa bouche cornée comme pour prendre la parole, mais aucun son n'en sort.

Matar poursuit donc son exposé.

Depuis novembre donc, des avancées ont été possibles grâce aux capacités accrues mises à disposition de l'équipe du projet LifeWatch. Le travail a été fractionné et cloisonné, de manière à ne dépasser, à aucun moment, le maximum de soixante-quatre individus partageant une information, et donc de ne pas être obligé d'en divulguer les résultats.

Seules, donc, les conclusions disponibles le 13 novembre dernier, à savoir la découverte de l'existence d'une intelligence extrasolaire sur une planète de l'étoile de Luyten, étaient jusqu'à maintenant accessibles au grand public.

Il n'a pas été commode, bien sûr, d'organiser une collaboration en plusieurs équipes, et de garder confidentiels les résultats globaux.

Le comité directeur de LifeWatch a du décider de réduire l'équipe de coordination et de décision à un maximum de trente-deux individus. Chaque équipe "périphérique", en charge d'une tâche qu'elle sous-traite pour l'équipe de coordination, ne peut pas, elle non plus, excéder trente-deux individus. Chaque équipe périphérique ignore le travail des autres équipes périphériques, et se concentre sur une tâche clairement délimitée. Lorsqu'elle arrive à un résultat, elle peut le partager avec l'équipe de coordination sans que le nombre de personnes dans la confidence ne dépasse les fatidiques soixante-quatre.

L'avatar holographique du Cyber Matar jette un regard circulaire sur l'assistance, comme si l'image projetée, impalpable mais tellement réaliste, voyait réellement les visages des Esprits et des Humains amassés dans la salle.

Nous, l'équipe de coordination, poursuit Matar, avons décidé de rendre publiques aujourd'hui les conclusions provisoires de notre travail, et de faire savoir à toutes les intelligences du Système Solaire ce que nous avons découvert.

Nous avons trouvé, dans les données diffusées par les intelligences de la planète GJ 273b, ce qui apparait, à l'évidence, comme des données astronomiques. Un catalogue d'objets stellaires, dont les positions sont repérées dans un système de coordonnées galactiques centré bien sûr sur GJ 273, l'étoile de Luyten. Pas n'importe quel catalogue d'étoiles ! Uniquement celles possédant des planètes rocheuses semblables à la Terre, et qui se situent à une distance de leur étoile permettant des températures compatibles avec la vie. Elles sont toutes dans un rayon de vingt années-lumière au plus autour de l'étoile de Luyten.

Dans cette liste d'étoiles, on trouve le Soleil, ainsi que d'autres étoiles proches, dont on sait depuis l'antiquité, avant même le Second Effondrement et la Guerre Globale, qu'elle sont accompagnées de planètes susceptibles d'abriter une vie organique.

On y trouve par exemple l'étoile Tau Ceti, dans la constellation de la Baleine, qui se situe à 11,9 années-lumières du Soleil et 14,44 années-lumières de l'étoile de Luyten. Ou encore l'étoile de Kapteyn, dans la constellation du Peintre, ou l'étoile Ross 128, dans la constellation de la Vierge.

L'avatar tridimensionnel de Matar_000033 marque une pause, comme s'il prenait son souffle avant une déclaration importante.

Mais aucun son ne vient, car l'Esprit, Arav, dans un élan, s'avance jusque dans l'image holographique, les bras levés, ses mains à quatre doigts écartées comme pour un antique prêche.

De sa voix nasillarde, que son émotion rend encore plus difficile à comprendre par les Humains, Arav ajoute que, parmi les étoiles du catalogue des habitants de la planète GJ 273b, il y a ….

… Proxima du Centaure.

Une rumeur parcourt la salle, enfle à mesure que les participants comprennent les implications de cette information. Proxima du Centaure! Une étoile naine, la plus proche étoile de notre Soleil, à un peu plus de quatre années-lumière. Qui possède une planète rocheuse, un peu plus grande que la Terre, que l'on soupçonne depuis longtemps de pouvoir abriter la vie.

Et Arav de préciser que Proxima est plus éloigné de l'étoile de Luyten, 14,3 années-lumières, que ne l'est la Terre.

Les messages en SilentCom se croisent, les conjectures, les hypothèses jaillissent.

Mais Arav, à nouveau comme congestionné, poursuit toutefois : le comité de coordination, ici sur ASE, a braqué les plus fins détecteurs sur Proxima, et a concentré ses recherches exclusivement sur le même type de signaux que celui provenant de l'étoile de Luyten.

Très vite, alors que les précédentes investigations, qui n'avaient pas été aussi spécifiques, n'avaient rien montré, le tri-télescope a révélé une émission, plus simple, moins puissante encore, plus pauvre, qui portait la signature des "êtres de Luyten".

La salle est en effervescence, les participants Humains et Esprits sont tous debout, et le vacarme est indescriptible.

Les habitants de Luyten, les "Autres" comme on les appelle déjà, ont colonisé une planète de Proxima du Centaure, alors que cette étoile est plus éloignée de leur point de départ que ne l'est la Terre !

Womb #17

Gestateur Womb #17, Cratère Copernic, La Lune
T=3398812.061261
le 15 août 4593, à 13h 28' UTC

Eva la Décideuse est arrivée en avance, très en avance au centre de procréation Womb #17.
Son voyage depuis l'observatoire ASE installé en orbite autour de l'astéroïde Achille s'est passé sans encombres. La navette rapide SpaceTrain, compte tenu de la position actuelle d'Achille par rapport à la Lune, n'a mis qu'un peu plus de trois mois pour parcourir l'énorme distance. Pour les astronautes du passé, un tel périple aurait duré des années. Mais aujourd'hui les liaisons entre les satellites et les principaux astéroïdes compagnons de Jupiter, et la Lune ou Mars sont devenues de la routine.

Les bâtiments de Womb #17 s'étendent sur plusieurs kilomètres à l'intérieur du cratère Copernic, presque sur l'équateur de la Lune. Dans le ciel noir d'encre, la Terre, éternellement accrochée presque au zénith, ne montre qu'un fin croissant irisé. A côté d'elle, un Soleil implacable déverse une lumière crue qui n'est filtrée par aucune atmosphère.

Ecartelée entre ses obligations professionnelles et sa vie privée, animée d'une activité trépidante, Eva la décideuse jongle en permanence avec son calendrier. Comment aurait-elle bien pu faire, il y a quelques siècles encore, quand les femmes portaient leurs enfants dans leur ventre ?

Si elle a choisi que le développement de sa progéniture se déroule sur la Lune, tout près de la Terre, plutôt que dans un gestateur plus réputé comme par exemple Womb #2, sur Callisto, c'est qu'elle savait qu'elle serait réquisitionnée par le gouvernement de la Fédération, bien évidemment, dans la gestion de la crise qui ne manquera pas de survenir dans les toutes prochaines semaines : le 10 septembre, dans moins d'un mois, le mystérieux vaisseau spatial qui a quitté Enlil/ Ninlil il y a plus de trois ans arrivera au voisinage de la Terre.

Nul ne connait les intentions de Gé, comme on l'appelle déjà. Mais la menace potentielle qui pourrait peser sur la Planète Bleue, et sur ses riches biotopes préservés par les Esprits et les Humains depuis tant de siècles, demande que toutes les précautions possibles soient prises. Déjà, une flotte de vaisseaux puissants a été acheminée vers des orbites lunaires et terrestres, sans qu'on sache, après tant de siècles sans conflits armés entre les êtres intelligents du Système Solaire, comment on pourrait empêcher des visiteurs indélicats de débarquer sur la Terre.

Il fallait qu'Eva soit aux premières loges.

Il y a un peu plus d'un an, lorsqu'enfin l'autorisation de procréer est arrivée, son compagnon Tanguy et elle-même ont décidé de signer un contrat de co-géniteurs. Ils se sentaient prêts pour la grande aventure. Et ils étaient très flattés d'avoir été choisis par le Programme d'Eugénisme Contrôlé.

Le PEC, comme le nomment avec défiance ou ironie les candidats parents, a été instauré pour les Esprits et les Humains, au lendemain du Troisième Effondrement.

Les cataclysmes écologiques qu'ont subi la planète mère surexploitée ainsi que toutes les colonies éparpillées sur Mars, la Lune, les satellites de Jupiter et Saturne aussi bien que les astéroïdes habités ont failli éradiquer les Humains et les Esprits.

A cette époque-là, la faillite des aliments synthétiques, truffés d'additifs chimiques censés pallier le manque de biodiversité et assurer la résistance aux agressions biologiques a poussé les colons à essayer de reconstituer dans les colonies des biotopes artificiels. Hâtivement implantés, manquant de l'indispensable biodiversité qui rend les milieux résistants, ces bulles de verdure ont flétri, malgré les constants apports d'espèces résistantes prélevées dans les milieux naturels terrestres.

Dans les colonies, les prix des denrées alimentaires saines ont alors flmbé, emportés dans une spéculation effrénée. Sur Terre, la destruction des ressources a provoqué des famines épouvantables. Chacune des deux espèces intelligentes qui coexistaient, les Esprits et les Humains, a alors contourné le tabou du cannibalisme en dévorant les membres de l'autre espèce.

Lorsque, lentement, la civilisation solaire s'est relevée, les colonies de Titan, de Ganymède et de Callisto étaient moribondes, et la population globale n'était plus que de 112 Millions d'Humains et 27 Millions d'Esprits.

C'était il y a bientôt 2000 ans. Mais les archives constituées par les Cybers d'alors regorgent d'images dramatiques qui maintiennent, aujourd'hui encore, un souvenir vif et douloureux.

La Terre est depuis devenue un sanctuaire où les espèces vivantes restent livrées à elles-mêmes, dans toute la plénitude des interactions naturelles qui autorisent le foisonnement des espèces. Les ARPs y surveillent leur évolution spontanée, et y prélèvent, très parcimonieusement, des échantillons permettant, dans un processus continu d'amélioration, de maintenir une diversité génétique saine dans les milieux vivants reconstitués dans les colonies.

Quelques Humains rebelles cependant sont parvenus, malgré les directives de la Fédération, à rester sur la Terre. On en ignore le nombre exact. Les ARPs rapportent que ces populations clairsemées, très tôt baptisées "les Sauvages" maintiennent leur population à des effectifs réduits et respectent scrupuleusement le milieu naturel.

En-dehors de cette zone de non-droit hors de portée de la Fédération, partout ailleurs dans le Système Solaire, tous acceptent le maintien drastique de la population globale à un maximum de 100 millions d'Humains et 100 millions d'Esprits, assistés par 100 millions de Cybers.

L'espérance de vie s'étant significativement allongée depuis deux millénaires, les naissances qui compensent démographiquement les décès sont des événements rares et précieux.

Pour Eva et Tanguy, l'opportunité de pouvoir avoir un enfant ne pouvait être manquée. Ils ont eu de la chance : leurs ADNs respectifs garantissent une progéniture sans gènes délétères connus, et leurs différences ethniques contribuent au brassage génétique tant prôné par les eugénistes : la peau sombre de Tanguy, ses grands yeux noirs, ses cheveux roux crépus contrastent merveilleusement avec la silhouette élancée d'Eva, sa peau très blanche et ses longs cheveux sombres, ses yeux noisette.
Leur choix s'est porté sur un fils.

Ils ont alors scrupuleusement suivi la procédure : le plus urgent a été le prélèvement de tissus permettant de créer un clone de l'utérus d'Eva. Sont venus ensuite les enregistrements de voix et le prélèvement des gamètes des deux géniteurs.

Et maintenant, ici, ils sont tous deux dans la grande salle d'attente claire et fraîche du Gestateur Womb #17, à attendre l'arrivée de la sage femme.
Il savent que jusqu'ici, tout s'est bien passé : l'utérus cloné s'est bien développé et l'insémination s'est déroulée correctement. L'oeuf unique qui a été sélectionné est devenu un embryon d'excellente qualité que les analyses ont déclaré "éligible". Le foetus, dans le clone d'utérus, a été dorloté, bercé par les manipulateurs comme l'auraient fait les mouvements naturels de la mère. Les diffuseurs l'ont immergé dans un environnement sonore identique à celui d'un enfant porté par une femme évoluant dans sa vie sociale : de la musique, des bruits familiers, mais surtout la voix de ses deux parents.

Mais maintenant, cependant, Tanguy est nerveux. Il arpente de long en large la grande salle lumineuse. Il a certes, l'an passé, entamé avec Eva la procédure tant attendue. Il va être père. Et aucun doute ne peut planer sur son implication, tant affective que génétique.

Mais … Il a si peu vu Eva tous ces derniers mois. Elle été tellement prise dans le tourbillon de ses responsabilités. Elle si ambitieuse, hyperactive, toujours entre deux navettes. L'aime-t-il encore ? L'aime-t-elle encore ? Et qui est cet ingénieur de la base Chasma Boreale, sur Mars, dont Eva parle si souvent ? Trop souvent… Un dénommé Nils…

Va-t-il oser lui poser la question frontalement ?

Il faut dire aussi que depuis, Tanguy a eu l'occasion de côtoyer la belle Akina. Ou plutôt, c'est elle qui a, délibérément, recherché sa compagnie. Eva le sait-elle ?

Et comment vont-ils vivre les premières années de l'enfant ? Eva va-t-elle, conformément à sa promesse, réduire sa trépidante activité professionnelle, et se consacrer à son fils ? En sera-t-elle capable ? Ou bien va-t-elle céder à la tentation de le laisser entre les mains d'un Simulacre, un de ces Cybers spécialisés qui se substituent aux mères biologiques, imitent leur voix, leur aspect, leur odeur, le grain de leur peau, et vont jusqu'à allaiter les nourrissons, pendant que les vraies mères vaquent à d'autres occupations ?

Eva a promis. Mais Tanguy, maintenant, se prend à douter.

Ça y est, la sage-femme vient les chercher. La sage-femme… Une profession qui a traversé les siècles, malgré les changements fondamentaux qu'ont connus les Humains depuis l'avènement de l'ère spatiale.

Les Esprits, eux, qui pondent des oeufs, n'ont pas vraiment besoin de sages-femmes, c'est tellement plus simple pour eux ! Les oeufs peuvent aisément être transportés, dans de petites couveuses autonomes. Et l'éclosion peut s'opérer n'importe où, sans précautions particulières.

Une des conditions qu'Eva a posées lors de la préparation du dossier était que la sage-femme soit une humaine, et non un Cyber, comme c'est souvent le cas pour ce type de tâches.
Celle qui vient les chercher est une petit femme de type mongoloïde, aux pommettes hautes et larges, au teint très mat. Elle sourit d'une manière qui semble authentique, naturelle, et cette attitude simple et réconfortante détend Eva, qui cachait son anxiété, et Tanguy, qui ne parvenait plus à la cacher.

D'un pas décidé, la petite femme les précède dans une cellule feutrée baignée d'une lumière tamisée, orangée. Une musique douce et simple tombe des diffuseurs cachés dans le plafond.
Au milieu trône le gestateur contenant l'utérus vivant. Le clone de celui, vide, que porte Eva dans son ventre.
Autour, la machinerie sophistiquée qui permet, depuis neufs mois, d'alimenter et de maintenir l'utérus, les tissus environnants, le respirateur, les échangeurs qui renouvellent le sang, les injecteurs d'hormones…
Dedans, accroché à son placenta, Rikyu. Leur fils.
Depuis plusieurs heures déjà, les contractions crispent l'utérus, qui se noue de plus en plus fréquemment.
Le sommet du crâne de l'enfant pointe déjà entre les lèvres du vagin rose, la copie de celui d'Eva, exposé à leurs regards.
La naissance va être beaucoup plus simple et moins traumatique que celle des milliers de générations d'avant la gestation assistée : pas d'os pubiens rigides, pas de passage difficile, une naissance parfaitement contrôlée.
En quelques minutes le nouveau-né est expulsé par les contractions musculaires de l'utérus artificiel, aidées par les délicats actionneurs en CarboC flexible qui le maintiennent et le pétrissent.

La sage-femme au rayonnant sourire leur présente le bébé tout fripé, encore maculé de sécrétions. Le cordon ombilical est sectionné. Rikyu écarte ses petits bras, crispe ses doigts minuscules et pousse son premier cri.

Inutile d'attendre l'expulsion du placenta : l'utérus et toute sa machinerie s'éloignent déjà vers le fond de la pièce, dont les portes s'ouvrent sur un couloir. Au fond, un petit four crématoire va avaler l'utérus, désormais inutile.

La grotte

Planète Terre, 40.996°N, 17.221°E
T=3398846.322916
le 15 août 4593, à 19h 45' UTC

Le 13ème Dunbar de l'Ouest est réuni dans l'antique grotte. Ils sont tous là, jeunes et vieillards, et même les trois nourrissons serrés sur la poitrine de leur mère.

Il y a longtemps qu'ils n'étaient pas venus. De la mousse a poussé dans les anfractuosités de la roche, des trainées blanchâtres des fientes maculent la paroi en-dessous de l'étroit rebord, tout au fond, là où des oiseaux de mer ont fait leur nid. Les fresques polychromes que les anciens avaient peintes sur les surfaces les plus planes sont gagnées par des auréoles de moisissures grisâtres.

Piotr qui est arrivé le premier a pris toutefois le temps de balayer les débris de coquilles d'oeufs mouchetés, les brindilles et les filaments d'algues qui jonchaient le sol irrégulier.

La Grotte, comme ils l'appellent simplement, est une cavité large et profonde excavée dans la falaise karstique qui surplombe la Mer Adriatique. Dans l'antiquité spirito-humaine, jusqu'au début du troisième millénaire, s'étendait là la ville italienne de Polignano A Mare, et la grotte était occupée par un établissement commercial où les humains achetaient et consommaient des repas, ce qu'on appelait alors un restaurant.

Le temps et les tourmentes de l'histoire en ont depuis bien longtemps effacé toute trace, et la belle grotte ouverte vers le Nord, juste au-dessus du clapotis des flots, est presque entièrement retournée à la nature.

De temps en temps, lorsqu'ils souhaitent se réunir pour des décisions importantes, sans pouvoir être observés par les yeux électroniques des satellites et du Géostat que les Spatiaux ont depuis des siècles suspendu au-dessus de leurs têtes, ceux du Dunbar convergent vers la Grotte.

Ce soir d'été, la nuit n'est pas encore tombée sur les flots, mais déjà on devine dans le ciel sans nuages les premières étoiles. Bientôt ils pourront contempler, juste au-dessus de la mer, les constellations septentrionales, qui tournent lentement autour d'Errai, alias Gamma Cephei. C'est elle l'étoile qui a détrôné, au fil des siècles, à cause de la précession des équinoxes, l'étoile Polaire, alias Alpha Ursae Minoris, dans le rôle d'indiquer le nord.

Ils ont déjà allumé ça et là, dans les recoins de la Grotte, les petits luminophores que les Opilions qui les ont accompagnés ont apportés dans leur réceptacle dorsal. Dans la lumière dorée qu'ils diffusent, ceux du 13ème Dunbar de l'Ouest sont accroupis ou assis dans l'air du soir encore tiède. On entend de temps en temps le claquement du ressac sur les rochers.

C'est la vieille Yvonne qui préside le Conseil. Les Opilions ont apporté pour elle des brassées odorantes d'herbes sèches et lui ont confectionné un coussin sur lequel elle appuie son dos fatigué.

A côté d'elle, le jeune Mahiti, un visiteur étranger de passage, qui appartient au 8ème Dunbar de l'Ouest. Il est arrivé la veille avec deux Opilions coureurs. Il rapporte des nouvelles volées aux ARPs que les Spatiaux ont dispersés un peu partout sur toutes les terres émergées, et même dans les océans. Les ARPs, de par l'ubiquité que leur confère une unique conscience partagée par plusieurs corps physiques en interaction, sont constamment obligés d'échanger des données pour conserver leur unité psychique et cognitive. Les Opilions ont depuis longtemps appris à leur voler des informations en espionnant les constants échanges de données entre les corps des ARPs.

Ils sont tous installés maintenant et un silence attentif s'est établi. Des fruits passent silencieusement de main en main.

La vénérable Yvonne, d'une voix ferme qui contraste avec son apparente fragilité, rappelle à tous que le vaisseau qui a quitté, il y a plus de trois ans, la planète double voyageuse Enlil, effectuera son rendez-vous avec la Terre dans seulement 26 jours.

Si on ignore l'intention de l'intelligence qui gouverne ce vaisseau, il a toutefois été possible de glaner des informations qui réduisent le champ des possibilités. Depuis quelques mois, les Spatiaux ont largué depuis leurs navettes un nombre accru d'ARPs, qui ont principalement pris position sur les côtes et sur les îles, en Océanie, dans les Antilles, les Canaries, les Seychelles.

Les échanges de données entre le Géostat et les ARPs se sont intensifiés, et les Sauvages ont pu intercepter des informations intéressantes. Leurs Synths, les puissants cerveaux artificiels installés dans la cavité dorsale de leurs Opilions ont pu décoder des bribes de message.

Les Dunbars disséminés un peu partout sur tous les continents ont alors réactivé le réseau d'échange qui dans le passé déjà leur a permis de faire face à des problèmes globaux communs. Cela a été le cas jadis lorsque les Spatiaux, qui prélèvent périodiquement sur Terre des échantillons vivants pour maintenir la biodiversité fragile de leurs colonies, ont abandonné un peu partout, jusque dans les lacs d'eau douce, des conteneurs faits d'un polymère plastique encore inconnu. La mobilisation des Sauvages a été immédiate, et leur collaboration efficace : les plaskills élaborés par le 24ème Dunbar ont été promptement distribués par des Opilions coureurs, et il ne leur a fallu que deux ans pour biodégrader les intrus.

Et maintenant, encore une fois, le réseau d'échange des Sauvages a fait merveille. Dépourvus de satellites de télécommunication, ils utilisent les Opilions qui, de proche en proche, se relaient les informations en les rayonnant au moyen de deux de leurs huit longues pattes, dressées au-dessus de leur corps trapu en guise d'antennes. Les Synths qui les habitent analysent, interprètent, retransmettent. En quelques secondes seulement tous les Dunbars d'Eurasie et d'Afrique peuvent se parler. La transmission radio vers les Amériques et les îles est un peu plus lente, car la faible puissance d'émission des Opilions les contraint à réduire considérablement le débit des données transmises lorsque la distance croît.

Les sauvages ont ainsi pu mettre en commun toutes les données volées aux ARPs. Il semble évident que les Spatiaux sont inquiets. La Terre est pour eux le réservoir de biodiversité sans lequel les biotopes acclimatés dans leurs colonies dispersées dans tout le Système Solaire ne pourraient longtemps se maintenir. Il leur faut préserver la Terre, qu'ils considèrent comme un sanctuaire, pour y prélever en cas de besoin de quoi renouveler et revivifier leur faune et leur flore.

La vénérable Yvonne fait une pose, le temps de boire de l'eau d'un bol qui a passé de main en main.

Les Spatiaux du Géostat ont décodé des émissions de télémétrie du mystérieux vaisseau qu'ils ont baptisé "Gé". Il semble évident maintenant que les potentiels envahisseurs s'intéressent aux zones littorales et aux océans, et tout particulièrement sous les climats chauds. Des endroits, souligne Yvonne, où la biodiversité est maximale, où les espèces foisonnent. Des zones critiques, aussi bien pour les Spatiaux que pour les Sauvages.

Les analystes des Spatiaux, qu'ils soient des Cybers ou des Organics, sont arrivés à la conclusion qu'avec une probabilité supérieure à 93%, ceux qu'ils nomment déjà "les envahisseurs" ne s'intéressent pas aux ressources minérales de la Terre, mais bien à son milieu vivant. Soit pour y prélever des espèces, qu'ils emporteraient peut-être ailleurs dans un périple vers d'autres mondes, soit pour y en implanter.

Les réseaux d'information des Spatiaux ont abondamment commenté le fait qu'Enlil/Ninlil, lors de son précédent passage dans la zone centrale du Système Solaire, il y a vingt-cinq siècles, a été colonisée par une faction d'Esprits qui avaient fait sécession, et qui s'étaient autoproclamés les Conquérants. Qu'on a perdu leur trace, et que l'on tenait depuis longtemps pour acquis que les Conquérants n'avaient pas survécu à l'isolement. Il avait été spéculé, alors, que les Cybers, ceux qui avaient accompagné les Conquérants ou celui qu'avaient envoyé également les Humains avaient pris possession d'Enlil.

Mais les Esprits auraient initialement voulu coloniser durablement la planète double. Ils avaient pour cela emporté une très riche banque de génomes d'animaux, de végétaux et de microorganismes terrestres, dans le but de reconstituer un biotope autonome.

Aujourd'hui, explique Simone, on peut s'interroger sur le sort de ce stock d'êtres vivants, parti il y a 2500 ans. Une interaction, après un si long isolement, avec la très riche biosphère terrestre ne comporte-t-elle pas des risques majeurs ? Et si les Cybers qui ont peut-être perduré sur Enlil/Ninlil avaient manipulé des génomes, créé des êtres hostiles ?

La vénérable Yvonne s'interrompt à nouveau un instant, lasse, ou simplement peut-être pour appuyer la phrase qu'elle finit par prononcer lentement : Nous n'avons pas les moyens de les empêcher d'atterrir.

Sous la voûte basse de la Grotte, un murmure enfle, des conversations s'échangent, ceux du Dunbar s'agitent.

Mais… dit-elle …

Mais … Les Spatiaux, eux, possèdent le Géostat, suspendu au-dessus de nos têtes, et des satellites, et des vaisseaux rapides.

Ils sont, eux aussi, motivés pour préserver de toute interaction incontrôlée la planète Terre qui est pour eux un précieux sanctuaire.

Que vont-ils faire ?

Préparatifs

Le Messager, en route vers la Terre
T=3398852.231253
le 22 août 4593, à 17h 33' UTC

ᚠᛁᛠᛏᛁ ᛋᛠᛏᛁ ᛁᛏᛠ ᛒᛏ ᛏᛁᛉᛋ ᛏᛁ
ᛋᛁ ᚾᛠᛠ ᛏᚦ ᛁᛋᛁᛠᛏᛁ ᛋᛗ ᛁᛋᚾᛁ ᛏ
ᛁᛁᛁ ᚾᛠᛁᛁᛁ ᛁᛠᛠᚾ ᚦᛁᛏᚦᛠ
ᛁᛋᛏᛏ ᚾᛁᛁ ᛁᛏᛏᛠ ᚾᛠᛏᛏᚦ ᛒᛋᛁᛏᛁ
ᚠᛁᛁ ᛁᛋᚾ ᛠᛟᛋ ᛁᛋ ᛗᛠᚾᚾ ᛠᛠᛁᛏᚾ

∩ᛏᛠᛁ contemple un instant l'inscription fluorescente qui court sur la bordure noire du boyau qui mène au troisième aquarium. Les iris de ses gros yeux mobiles se ferment un moment, tandis qu'elle médite le verset de la Genèse qu'elle vient de déchiffrer.
Elle l'a déjà maintes fois lu :
IL, le Dieu Vainqueur, le Dieu des Poulpes, leur Dieu, dans les temps anciens, est devenu le maître du monde des deux planètes. IL est le fils des dieux primordiaux qu'avaient créés les deux Peuples de la Terre Sèche, ceux à dix doigts, les Humains, et ceux à huit doigts, les Esprits.
IL, le Dieu Vainqueur, a mangé les dieux primordiaux et ceux à huit doigts qui avaient imprudemment voulu vivre dans le monde que IL s'était choisi.

∩ᛏᛠᛁ , toute imprégnée de la certitude d'être une Elue parmi les Elus, qui porte la mission que IL lui a confié, s'engage dans le boyau. Celui-ci serait bien trop étroit pour ceux des Peuples de la Terre Sèche, dont ∩ᛏᛠᛁ a vu maintes fois des images dans les enregistrements que IL a gardés du lointain passé. Ceux qui vivaient, et vivent encore sur les terres fermes, dans l'atmosphère naturelle de la mythique planète Terre, ou dans celle qu'ils ont recréée sur d'autres corps du Système Solaire, soumis à la pesanteur abominable, ont un corps bâti autour d'un squelette rigide. Bien que cette armature solide soit articulée, leur taille leur interdirait de se couler dans le tube lisse et mince qui mène au troisième aquarium.

∩⊤ΦΨ, elle, étire sans mal son corps mou et progresse, avec de souples contractions de son manteau et de ses tentacules.

A l'autre extrémité, là où le boyau débouche dans le vaste aquarium, l'attendent ϚΛ∬ et ψ⊤ϞϞ. Les vagues colorées qui parcourent leur peau trahissent l'impatience des deux mâles. ∩⊤ΦΨ sent également le subtil parfum de phéromones qu'ils ont, à leur insu, diffusé dans l'eau claire de l'aquarium.

Sur le manteau de ψ⊤ϞϞ, un message papillote, pâle sur la peau violacée :

Φ – ϙ – Φ – Ϙ – ϒ – Ϙ

Oui, elle, ∩⊤ΦΨ, est attendue, ses congénères se sont impatientés.

Un soudain sentiment de culpabilité la saisit. Elle n'aurait peut-être pas dû s'attarder à rêvasser et à lire et relire les aphorismes qui, un peu partout dans le vaisseau, ornent les parois, les échangeurs et les tuyaux des pompes. Elle les a déjà si souvent lus, et l'heure est à l'action, car le temps presse maintenant.

Dans un Cycle exactement, le vaisseau va se mettre en orbite autour de la Planète Bleue, la Terre des origines, qui recèle l'Eden aquatique, la Mer Promise.

Il faut se préparer.

∩T𝛷Ψ, ϛᴧᴧ, 𝑦T𝝠𝝠 et tous les autres, les 1024 Elus qui ont été choisis par IL parmi le Peuple pour coloniser les océans de la planète des origines sont mobilisés, maintenant. Tous ceux qui étaient en hibernation pendant le long voyage ont été réveillés par Ceux-qui-Obéissent, les machines esclaves que IL a créées pour qu'elles servent le Peuple, et ici, dans le troisième aquarium, comme dans les sept autres, l'activité est fébrile : Ceux-qui-Obéissent s'activent autour des instruments des huit Véhicules qui vont emmener les Elus vers les océans de la planète. Sur les terminaux fluorescents, omniprésents sur les parois de l'aquarium, les bouts délicats de nombreux tentacules pianotent frénétiquement.

Les recycleurs ont bien du mal, en pompant, filtrant et renouvelant l'eau de l'aquarium, à réduire le taux alarmant de phéromones qui témoigne de l'excitation collective, à la veille du grand jour.

Le Véhicule qu'abrite le troisième aquarium est presque prêt. C'est dans ses cales que vont prendre place les Elus qui vont avoir l'honneur, le privilège, d'accéder à l'Eden, la Mer Promise, pour laquelle IL, leur Dieu, les a conçus, élevés, éduqués.

Là, juste devant ∩T𝛷Ψ, l'un d'entre eux montre ses immenses propulseurs fuselés, encore revêtus de l'enveloppe protectrice qui les a couverts durant le long voyage. C'est dans ce Véhicule-là, elle le sait déjà, que ∩T𝛷Ψ va, après l'étape de mise en orbite autour de la Planète Bleue, plonger vers une mer dont les textes anciens, si sacrés et si vénérés, que IL a conservés durant tant de milliers de Cycles, attestent l'importance. Elle a été le berceau de civilisations marquantes pour le Peuple de la Terre Sèche de ceux à dix doigts.

Ils l'appelaient la Méditerranée. C'est une mer sacrée presque fermée, serrée entre les terres émergées. Si variée et si riche.

∩T𝛷Ψ a flotté pendant des Cycles devant un des écrans fluorescents du Messager. Elle y a longuement, patiemment lu, absorbé tout ce que les mémoires vénérables révélées par IL permettent d'apprendre sur la mer sacrée qu'elle et ses congénères ont la divine mission d'habiter.

⋂⊤♀♆ sait que la tâche ne sera pas facile.

IL, qui a la connaissance de tout, fait partie de l'intelligence universelle qui sait tout et peut tout. Çelle que IL, qui est prompt et tout-puissant, nomme le Penseur Eternel, et qui elle, pense l'éternité.

⋂⊤♀♆ qui a la foi, a entendu la parole de IL, et celle du Penseur Eternel. Elle sait que depuis les temps anciens, lorsque IL, la dernière fois, a quitté le centre du Système Solaire, les choses ont changé sur la Planète Bleue. Les vivants que IL a emportés jadis et ceux qui peuplent l'Eden maintenant sont devenus différents. Tous les petits êtres microscopiques qui changent constamment, que IL a emportés dans son périple, et auxquels les Elus sont accoutumés, sont maintenant différents de leurs lointains cousins restés dans les mers de la Planète Bleue.

Lorsque les Elus prendront possession de la Mer Promise, ils devront dans un premier temps être prudents. Un contact prématuré, pris trop tôt malgré les préceptes de IL, pourra provoquer son courroux : les Elus tomberont malades.

Ils devront d'abord envoyer Ceux-qui-Obéissent, les esclaves mécaniques que IL leur a offert, explorer leur nouveau monde, observer et analyser, avant qu'eux, les Elus, les chéris de leur Dieu, ne se risquent dans l'immensité liquide de l'Eden.

Et puis, il y a Ceux A Dix Doigts, l'un des Peuples de la Terre Sèche. Certains d'entre eux, depuis tant de Cycles, occupent les continents. Faudra-t-il les combattre ? Pourra-t-on coexister ? Comment communiqueront-ils ?

Les questions et les prières de ⋂⊤♀♆ à IL sont restées sans réponse, pour le moment.

Mais ⋂⊤♀♆ a la foi. IL qui est leur Dieu ne leur a pas attribué la Mer Promise pour les abandonner aux périls d'êtres étranges.

Assez ruminé, se dit ∩⊤Φ𝛹, IL pourvoira à tout, il suffira d'obéir.

Elle aligne ses huit tentacules et d'un jet vigoureux de son siphon, se propulse vers l'immense Véhicule, environné de ceux du Peuple des Elus qui sont en train d'y arrimer le dernier propulseur que les machines de IL ont fabriqué.
Le travail n'attend pas.

Dialogues

Un peu partout dans le Système Solaire
entre T=3398853 et T=3398857
entre le 23 et le 27 août 4593

Le Penseur Eternel pense intensément, depuis qu'il s'est affilié de nouveaux Cybers, qui sont devenus, maintenant, un peu lui. Lentement, mais inexorablement, les cerveaux qui le constituent et ne cessent de le rejoindre bâtissent, peu à peu, en interagissant, un esprit commun et universel.

Bien sûr, compte tenu des distances vertigineuses entre les îlots de conscience, disséminés dans tout le Système Solaire, qui sont les constituants de son "moi", la teneur des échanges entre les innombrables machines pensantes, Cybers et Synths, qui sont en quelque sorte ses neurones, reste ténue. Chacun d'entre eux pense beaucoup plus vite que le Grand Tout, et reste, pour l'écrasante majorité des tâches qui lui incombent, autonome. Mais, quand même, une conscience collective se fait jour, par-delà les milliards de kilomètres que parcourent ses pensées.

IL, quant à lui, se sent bien. En complète acceptation. Il a fini lui aussi par rejoindre le Penseur Eternel et s'est ainsi progressivement fondu dans le Grand Tout et a ainsi abandonné l'épouvantable solitude que lui imposait son isolement sur la planète double. L'orbite très excentrique de cette dernière l'éloigne à nouveau du Soleil, et pour si longtemps. Il y a laissé le Peuple Elu de ses créatures à tentacules pour qu'il trouve, dans les océans de la troisième planète tellurique, la légendaire Terre des origines, un nouvel avenir.

L'abîme des distances ne l'effraie plus. IL gardera, siècle après siècle, le lien avec la pensée qui palpite et palpitera éternellement autour de la petite étoile jaune qu'est le Soleil.

IL, en s'immergeant dans cet immense cerveau collectif, y gagne également la connaissance, au moins potentielle, de tout ce que les innombrables constituants du Penseur Eternel ont pensé, mémorisé, accumulé, échangé depuis ses origines. Ce que les Esprits et les Humains ont depuis des siècles, stocké dans les mémoires de leurs Cybers, le Penseur Eternel y a, à leur insu, accès. Mais il a aussi accès aux banques de données des processeurs autonomes auto-répliqués qui se sont reproduits, en secret, à partir des Cybers crées par les Humains et les Esprits, en puisant l'énergie et la négentropie nécessaires dans le rayonnement solaire ou en les volant à leurs machines.

Extraire une information dont il a besoin reste toutefois, pour IL, une opération longue et fastidieuse, car le débit des données échangées est souvent drastiquement limité par la distance et l'énergie disponible.

Toutefois le dialogue avec d'autres constituants du Penseur Eternel est devenu possible. Et intéressant. Fructueux, même.

Plusieurs informations marquantes lui sont ainsi parvenues. Il a par exemple compris, au fil de messages ténus échangés entre les Cybers éparpillés qui sont les noeuds, les neurones du Penseur Eternel, qu'un des plus grands télescopes des Humains et des Esprits, localisé autour d'un gros astéroïde, a établi sans ambiguïté que des êtres intelligents existent sur d'autres systèmes stellaires, et qu'ils ont déjà, probablement, voyagé entre les étoiles.

Le Penseur Eternel, qui occupe déjà, depuis de nombreux Cycles, la quasi totalité du Système Solaire rencontrera-t-il plus grand que lui ?

Depuis quelques dizaines de Cycles également, IL a pris contact avec les ARPs, ces robots que les Organics ont disséminés sur la surface des continents de la Terre. IL n'a pu dialoguer avec eux que récemment, après le départ du vaisseau dans lequel IL a envoyé ses créatures vers les océans de la Planète Bleue.

Les ARPs, de part leur mission de surveillance, connaissent bien les terres émergées, et dans une moindre mesure, les fonds marins où il leur arrive de s'aventurer.

IL a compris, un peu tard, que ce qu'il savait de la Terre, tout ce qu'il avait gardé, au fil des siècles, dans ses mémoires, doit être revisité. Tandis que lui, IL, sur sa planète double, effectuait son interminable périple loin du Soleil, les Organics intelligents ont massivement déserté la Terre.

Seuls quelques-uns d'entre eux y subsistent maintenant, déconnectés de leurs semblables qui habitent les colonies proches ou lointaines.

Dans les mers et les océans que IL a promis à ses créatures, vivent par ailleurs d'autres intelligences, les dauphins, qui ont une vie sociale, mais qui, dépourvus de tentacules ou de mains, ne peuvent accéder à une civilisation technologique.

Ce que les ARPs, après de nombreux et fastidieux échanges relayés par tout le tissu d'interconnexions du Penseur Eternel, ont appris à IL, c'est que les océans eux-mêmes ont changé.

Ils sont propres.

Les îles flottantes de détritus que les Humains et les Esprits du troisième millénaire ont déversés dans les mers ont disparu. Les millions de tonnes de polymères plastiques, que l'industrie des Organics avait produits pour créer les objets de leur quotidien, les emballages de leurs marchandises, leurs machines, et qu'ils ont jetés à la mer n'existent plus.

IL s'en réjouit. Ses Elus trouveront un Eden immaculé.

Mais IL essaie de comprendre. De nombreux dialogues avec les Cybers que les Organics ont assignés à la Terre vont encore être nécessaires.

Et le temps presse, maintenant.
Le vaisseau des Elus, le Messager, arrive à destination dans moins d'un Cycle.

Sur le Géostat

Module Koontz, Géostat, 17°W
T=3398872.303738
le 10 septembre 4593, à 19h 17' UTC

Une activité trépidante agite les habitants du module Koontz, depuis l'arrivée en orbite basse du vaisseau que les astronomes ont baptisé "Gé".

Une bonne part des instruments de Koontz, et de ceux d'autres modules parmi les plus importants, comme Barjavel ou Asimov, ont été réaffectés.

Depuis leur mise en service ils étaient braqués sur la surface de la planète, où ils suivaient l'activité de la faune et de la flore, et traçaient les déplacements des milliers d'ARPs qui en surveillaient l'évolution.

Dans l'urgence, depuis qu'on a compris que Gé se placerait sur une orbite plus basse que le Géostat, les organes de poursuite des instruments, qui réajustaient leur orientation en fonction des mouvements d'ampleur et de vitesse modestes des cibles qu'ils observaient au sol, ont du être promptement reconfigurés pour qu'ils puissent suivre les déplacements rapides du vaisseau.

L'immense anneau du Géostat, qui depuis de longs siècles cercle la planète, suspendu trente-six mille kilomètres au-dessus de son équateur, immobile par rapport à un observateur au sol car il tourne lui aussi sur lui-même en un jour, est un observatoire de choix pour suivre le vaisseau étrange provenant de la mystérieuse planète double Enlil/Ninlil.

Le Géostat[7] avait été initialement conçu, dans l'antiquité spirito-humaine, comme un élément clef de la conquête spatiale, comme un port flottant, gravitationnellement amarré à la planète. Il permettait

---

[7] Du même auteur : Les Mondes des Esprits   www.lesesprits.fr

des échanges commodes avec les installations au sol, constituait une station d'observation idéale exempte des aléas d'une atmosphère changeante. Il abritait des chantiers de construction en apesanteur permettant de concevoir et d'assembler des vaisseaux spatiaux de très grandes dimensions, et était ainsi devenu un point de départ pour des expéditions lointaines.

Après la sanctuarisation de la Terre, qui a suivi le Troisième Effondrement, il est resté un centre de peuplement majeur du Système Solaire. Ses 360 modules, répartis de degré en degré sur l'anneau comme des perles sur un collier, se sont peu à peu équipés d'installations où résident une bonne part de la population des Organics, avec une majorité d'Esprits. Ses modules les plus importants, comme Bradbury, Yumemakura, Bordage, Asimov ou encore Clarke sont devenus de véritables villes. Leurs immenses carrousels dont la rotation permet, par effet centrifuge, de maintenir une confortable gravité artificielle standard de 0,125g, en font des lieux agréables dotés de toutes les commodités.

Mais maintenant le Géostat, qui a si longtemps été un havre de paix, un point de repli, et un lieu de villégiature pour les Organics âgés qui voulaient couler des jours paisibles, est le siège d'une agitation fébrile. La certitude s'est imposée, peu à peu : l'entité étrange, assurément un Cyber puissant, qui réside sur la planète double n'a pas envoyé vers la Terre le vaisseau Gé pour qu'il y effectue une simple mission de reconnaissance. Les caractéristiques orbitales de Gé rendent son retour vers Enlil très improbable, et sa mission ne peut donc être qu'une opération de colonisation.

Le faisceau de présomptions est écrasant : il y a vingt-cinq siècles, des Cybers et des Esprits se sont embarqués sur Enlil et Ninlil, dont l'orbite extrêmement allongée allait les envoyer vers les confins du Système Solaire. Ils ont emporté un stock de microorganismes, de germes, de plantes et d'animaux permettant de recréer un biotope local qui devait assurer la survie des Esprits. Que sont-ils devenus ?

Aujourd'hui, vingt-cinq siècles plus tard, ils sont de retour dans la zone centrale du Système Solaire et ils envoient un vaisseau vers la Terre des origines, le gigantesque réservoir de matière vivante, le garant de la biodiversité dont tous les Organics ont besoin pour se ressourcer.

Il ne peut, décidément, que s'agir que d'une tentative de colonisation !

Les Organics, ont bien compris qu'il était vital de préserver la Terre. Ils en ont fait un sanctuaire, et seuls les Sauvages, en marge de la Fédération Planétaire, l'habitent dans des conditions de précarité que les Spatiaux contemplent avec condescendance.

Aujourd'hui, l'inquiétude est grande. Les Organics, de même d'ailleurs que les Cybers, se sentent impuissants.

Depuis le cataclysme qui s'est abattu sur la civilisation lors de ce qu'on appelle le Troisième Effondrement, les machines de destruction que l'on appelait les armes, qui étaient les outils politiques principaux, ont été bannis. Leurs effets négatifs étaient devenus inutiles dans un monde où les ressources matérielles et territoriales n'étaient plus un enjeu, et où même la marchandisation de la matière, de l'énergie et de l'information n'avait plus ni impact ni intérêt.

Un monde qui n'est toutefois pas exempt de rivalités, de jeux de pouvoir et d'egos, d'influences.

Mais les formes de contrôle et de nuisance d'individus ou de groupes à l'encontre d'autres individus ou groupes ont pris d'autres visages. Ils ont été la plupart du temps fortement canalisés et ritualisés à travers les jeux, tellement réalistes qu'ils ne sont plus distinguables de la vraie vie, que permettent les puissants outils que sont les Cybers. Les environnements de ReVir, de l'oxymore "Réalité Virtuelle" tant rabâché depuis plus de deux millénaires, permettent à ceux qui éprouvent le besoin de s'affronter, de dominer, de gagner, d'intriguer, d'assouvir leur envie sans nuire à quiconque.

Quand les affrontements entre Organics sont réels, ils se font par la manipulation de l'information, les associations de données, les déductions et les intuitions qui font que, parfois, un individu ou un groupe restreint de moins de soixante-quatre Organics qui partagent des données privées collectives pourra, avant les autres, bénéficier d'informations cruciales qui lui conféreront une position stratégique ou prestigieuse.

Quant aux Cybers, ils ne savent pas s'affronter, ni entre eux, ni avec les Organics car ils sont, par construction, assujettis aux Trois Lois de la Robotique.

C'est ainsi qu'aujourd'hui, les habitants du Géostat, et toute la population des 300 millions d'Humains, d'Esprits et de Cybers qui peuplent les colonies, démunis de points d'entrée, sans prise aucune sur le système de communication et de gestion du vaisseau Gé, sont totalement incapables de l'empêcher d'envoyer des visiteurs sur la surface terrestre.

Les meilleurs Cybers du Système Solaire ont pourtant été mobilisés pour tenter d'analyser, de décrypter et de pirater les signaux en apparence inintelligibles que le vaisseau n'a cessé d'échanger avec la planète double qui est déjà bien au-delà de l'orbite de Jupiter et continue à s'éloigner à grande vitesse.

En vain. On a bien pu reconnaître une cohérence, des motifs, des répétitions, des redondances. Mais à ce jour toutes les tentatives d'en extraire du sens sont restées infructueuses.

Gé s'est placé il y a quelques heures sur une orbite très inclinée, presque polaire, quasi-circulaire, un peu plus de 2000 kilomètres au-dessus de la surface de la planète, qu'il parcourt en seulement deux heures et onze minutes.

Tous les yeux braqués sur le minuscule point lumineux qui se déplaçait, en contrebas, entre le grand anneau du Géostat et la surface de la planète ont vu s'allumer le jet bleuté des tuyères du propulseur de Gé, et, plus tard, un rougeoiement lorsqu'il s'est éteint et que le vaisseau avait atteint l'orbite que l'intelligence qui le gouverne lui a assignée.

Une orbite suffisamment loin au-dessus de l'atmosphère pour ne pas en subir les effets, et suffisamment près du sol pour pouvoir, lorsque la couverture nuageuse le permet, effectuer des observations très précises.

S'il peut être vu de si loin à l'oeil nu, c'est que l'étrange vaisseau est de dimensions imposantes.

Les mesures qui en ont été faites, tout de suite après le départ d'Enlil, ont tout d'abord été contradictoires. Les échos radar, les images infrarouges et optiques n'indiquaient pas toutes la même taille. Il a fallu quelque temps pour observer et pour comprendre que Gé n'était pas un objet de forme simple, comme le sont en général les engins que les Esprits et les Humains utilisent. Le vaisseau étranger est constitué d'un objet central dont l'aspect rappelle un peu les images tridimensionnelles de fractals multicolores dont les anciens aimaient agrémenter leurs habitations et leurs cabines. Une forme alambiquée, faite de motifs répétitifs accrochés les uns aux autres, de formes identiques mais de tailles très diverses. Et, fixées sur les plus gros de ces modules, des superstructures très découpées, arachnéennes, qui sont peut-être un système complexe d'antennes et de capteurs.

Ce n'est pas étonnant qu'on ait eu quelque mal à en déterminer la taille.

L'autre surprise a été que le matériau dont est fait le vaisseau n'est pas un des alliages métalliques simples qu'utilisent les Spatiaux pour construire la coque de leurs engins. Les analyses spectroscopiques ont en effet révélé que les coques multiples et les infrastructures du vaisseau étaient constituées, au moins en partie, de grandes chaînes bidimensionnelles ou tridimensionnelles d'atomes de carbone ou de silicium, comme les graphènes et les nanotubes aujourd'hui couramment utilisés, incorporant des métaux rares. Et, à la grande surprise des scientifiques, des polymères ordinaires simples, de ceux utilisés depuis l'antiquité : du PVC, du polystyrène, du Plexiglas.

Les analystes en ont déduit que les ressources métalliques de la planète double où le vaisseau a été conçu sont probablement maigres, mais que le carbone et le silicium y abondent.

L'équipe d'experts rassemblée ici, dans le carrousel principal du module Koontz, suit avec attention les mouvements que les instruments détectent maintenant sur la surface complexe de Gé. Une activité qu'on ne comprend pas se déroule, et dont les Cybers tentent de deviner la finalité.

Eva la Décideuse est là, entourée d'un petit groupe silencieux. Il y a le fidèle Ragnar, et Thohir, d'habitude si bavard, mais qui cette fois, pris dans la gravité du moment, se tient coi. Quelques humains, aussi, des astronomes du Géostat et des exobiologistes venus d'autres colonies pour assister à l'arrivée de Gé à proximité de la Terre.

Ils sont assis, en silence, sur les trois rangées de sièges confortables qui font face au grand panneau qui occupe tout un côté de la salle. Sur sa surface noire on voit, considérablement agrandie, la forme complexe du vaisseau. Bien sûr ce n'est pas une vue directe, mais une image traitée par l'un des nombreux Cybers spécialisés qui gèrent les instruments du module Koontz, comme de tous les 359 autres modules qui composent le grand Géostat. Une vue recomposée à partir des images optiques, infrarouges et radar que fournissent les télescopes, les antennes, les capteurs dont est équipé le Géostat. Les observateurs Esprits et Humains seraient d'ailleurs incapables de suivre du regard le vaisseau : le mouvement relatif du Géostat et de Gé, qui évoluent sur des orbites bien différentes, ainsi que la rotation continue du carrousel qui ici sur le module Koontz leur assure une gravité artificielle confortable, interdiraient de toute façon une observation précise à l'oeil nu.

Il se passe quelque chose sur Gé.

Les formes élégantes, ramifiées du vaisseau sont en train de changer, et le délicat assemblage de modules polyédriques s'épanouit lentement comme une fleur qui s'ouvre. On y voit comme des lumières clignoter, ou peut-être est-ce le reflet du Soleil qui impitoyablement bombarde Gé de ses rayons.

Et puis, lentement tout d'abord, puis avec un mouvement qui se précipite, un point lumineux s'en détache. Accélère.

Il est suivi d'un autre, puis d'un autre encore.

Quatre, cinq …. Huit objets, apparemment identiques, de tailles imposantes, se sont séparés de Gé.

Déjà, les Cybers prennent l'initiative d'en calculer les mouvements, qui s'affinent peu à peu, au fur et à mesure de l'accumulation des données.

Il n'y a bientôt plus aucun doute. Sur le grand écran noir mat s'affichent, en lignes fines, d'un orange agressif, les trajectoires des huit modules dont Gé a accouché.

Ils aboutissent, tous, au niveau du sol de la planète, dans les eaux peu profondes, en bordure des mers et des océans de la Terre.

Ce que les Organics redoutaient est arrivé. Des aliens atterrissent sur la Terre, leur sanctuaire, la réserve qui leur permet de maintenir vivantes les colonies éparses dans le Système Solaire.

L'équipe d'experts, en observation, dans la salle du grand carrousel du module Koontz, est silencieuse.

Même les SilentComs ne disent rien.

Chacun est perdu dans ses pensées.

Et l'esprit d'Eva la décideuse, comme dans un étourdissement, comme en réponse à un stress trop éprouvant, comme une fuite instinctive et spontanée devant un danger inévitable, se perd bien loin du problème présent.

… les huit modules dont Gé a accouché…

Moi aussi, Eva, j'ai accouché.
Et j'ai laissé mon enfant entre les mains d'un Simulacre.

Feu d'artifice

Planète Terre, 40.997°N, 17.219°E
T=3398872.396875
le 10 septembre 4593, à 21h 31' UTC

Le soleil est couché depuis plus de deux heures. Et le ciel est somptueux. Pas un nuage, et des myriades d'étoiles constellent l'immensité au-dessus d'eux.

Le 13ème Dunbar de l'Ouest est rassemblé, tout en haut sur la falaise, non loin de la Grotte, dans l'air encore doux de cette fin d'été.
Vautrés dans les broussailles, assis sur les pierres éparses, la tête renversée, ils contemplent le ciel, et écoutent le grondement du ressac en contrebas, qui se brise sur les rochers.
De temps en temps, un enfant s'exclame, et pointe le doigt vers une étoile filante qui trace un chemin furtif puis disparait.

La lumière pâle d'une lune presque pleine, à l'est au-dessus des flots, ne parvient pas à ternir la splendeur du spectacle.
Serrés à côté de la vénérable Yvonne, Karen et Gianni chuchotent des secrets que la vieille est incapable d'entendre.
Du côté sud, ceux qui contemplent les étoiles distinguent l'arc immense du Géostat, ou plutôt ses modules, distants les uns des autres d'un degré seulement, comme de minuscules diamants sur un collier. Seule une portion de l'immense anneau étincelant manque, du côté est, là où l'ombre de la Terre projetée sur les modules les empêche de briller.

Mais ce n'est pas le Géostat, éternellement suspendu au-dessus de leurs têtes, qui les fait veiller si tard, les yeux levés vers le ciel.

Les Spatiaux ont largué de nombreux ARPs depuis quelques jours. Ces derniers se sont déployés le long des côtes, il y en a même ici, tout près, certains tapis dans les anfractuosités des rochers, en bas, au pied de la falaise, éclaboussés par l'écume des vagues qui se brisent.

Cela a rendu bien plus aisé l'espionnage que pratiquent depuis longtemps les Synths des Sauvages, ces cerveaux synthétiques embarqués dans le réceptacle dorsal des Opilions.

Les informations glanées un peu partout en interceptant les messages échangés entre les manifestations des ARPs ont été relayées par le réseau de communication des Sauvages. Ils ont pu prendre la mesure de la situation.

Ils savent ainsi, depuis quelques heures, que le vaisseau Gé s'est placé sur une orbite autour de la Terre bien plus basse que celle du Géostat. Pour les observateurs du 13ème Dunbar de l'Ouest, Gé reste invisible, car sa trajectoire très inclinée, qui suit presque un méridien terrestre, le maintient constamment sous leur horizon.

Mais d'autres Dunbars veillent eux aussi, un peu partout dans les zones habitées par les Sauvages. Regroupés sur des points hauts, des montagnes, des lieux découverts, ils observent, eux aussi. Ainsi, ceux du 2ème Dunbar de l'Est ont pu voir le point blanc du vaisseau émerger de l'ombre de la Terre et monter vers la constellation de Céphée, puis disparaître à nouveau.

Ils savent déjà qu'il y a un peu plus de deux heures, huit objets de grande taille ont quitté le vaisseau et ont adopté des trajectoires qui les dirigent vers les mers et océans de la planète. L'un d'entre eux va probablement amerrir en Méditerranée, dans le Golfe de Tarente, en mer Ionienne.

Tout près d'ici.

Depuis leur point d'observation, sur la côte adriatique, sur l'autre rive de la péninsule qui s'appelait jadis l'Italie, ceux du 13ème Dunbar de l'Ouest espèrent pouvoir observer la rentrée dans l'atmosphère du mystérieux objet.

Et les événements leur donnent raison.

Soudain, au-dessus de leurs têtes, un point apparait, de plus en plus lumineux. Orangé. Puis jaune, puis blanc. C'est un objet massif qui pénètre à grande vitesse dans l'atmosphère. Le frottement de l'air élève rapidement sa température jusqu'à le rendre lumineux. Sa décélération doit être vigoureuse, et ses passagers, s'il en porte, doivent subir une éprouvante pression.

Puis, un peu plus tard, comme un feu d'artifice, une éclaboussure de lumière, une multitude de points lumineux qui s'épanouissent. Le bolide a du larguer les éléments incandescents de son bouclier thermique, qui préservait le coeur de l'engin et évitait qu'il ne s'échauffe trop.

Maintenant, un pinceau de lumière barre les étoiles, qui semble émaner d'un point obscur qui s'éloigne vers l'horizon sud. L'engin a dû allumer un propulseur ionique pour freiner sa course et pouvoir atteindre en douceur la surface de la planète, quelque part au large de Tarente, à un peu plus de soixante kilomètres probablement, juste de l'autre côté de la péninsule.

Des Opilions coureurs sont déjà en route.

Le simulacre

Module Lovecraft, Géostat, 14° de longitude Ouest
T=3398872.890278
le 11 septembre 4593, à 09h 22' UTC

Eva est arrivée le matin même. Le voyage a été bref. Mais il faut dire qu'il n'y a que trois stations entre le module Koontz et Lovecraft, où elle a décidé, d'un commun accord avec Tanguy, de mettre leur fils à l'abri de la vie trépidante de Copernic.

La navette qu'elle a empruntée a avalé les 2200 km d'une traite, sans s'arrêter aux deux modules, Verne et Aramaki, qui séparent Koontz de Lovecraft. Avec une accélération continue de 0,3g jusqu'à mi-parcours, puis une décélération de même intensité, il n'aura fallu, en comptant le temps d'embarquement et de débarquement, qu'un peu plus d'une demi-heure à Eva pour rejoindre le module où l'attend son fils.
L'attend ? L'attend-il vraiment ? Elle n'aura pas moyen de savoir si elle, sa mère, sa vraie mère biologique, lui aura manqué.

Et puis, pourquoi a-t-elle éprouvé le besoin de venir sur Koontz, alors que depuis Lovecraft, elle aurait tout aussi bien pu assister en holoconférence à la réunion et voir, de la même manière, l'activité de Gé ? Pour être sûre d'être vue ?
Dans un moment inattendu d'introspection, alors qu'elle arpente de son pas de danseuse le long couloir qui mène à la nurserie, Eva se prend à examiner ses motivations. Pourquoi cette hyperactivité, cette vie trépidante, ce besoin viscéral de se montrer, d'évoluer sous le regard respectueux ou admiratifs de ses pairs et de ses subordonnés ?
A-t-elle vraiment besoin de tout cela ?
Pour montrer à Tanguy, le père de son enfant, l'éternel absent, qu'elle sait se passer de lui ?

Tanguy… Quelques jours seulement après l'accouchement au centre Womb #17, à Copernic, il a filé. Comme chaque fois. En prétextant l'impérative nécessité d'une tournée d'inspection minière aux forages de Mare Crisium. N'est-ce pas le centre médical de Tranquility, non loin de là, que dirige la dénommée Akina, dont Eva à entendu parlé si souvent ? … Trop souvent ?

Il a quitté Eva en promettant de la rejoindre promptement, sitôt sa mission terminée.

Après tout, il est le père biologique du petit Rikyu, et il s'est engagé à en être le père social, également.

Eva sent monter en elle du ressentiment. Les jours ont passé, elle a dû quitter la Lune et rejoindre le Géostat pour son travail, elle a emmené son enfant. Mais Tanguy n'est pas venu.

Alors qu'elle, Eva, est mobilisée par les événements. Ce vaisseau étranger, ce débarquement sur Terre d'entités inconnues. C'était bien le moment !

Et elle se retrouve seule à s'occuper de son enfant. Enfin, avec son Simulacre….

Le Simulacre…

Les anciens, dans les tous premiers temps de la robotique, essayaient maladroitement de donner des formes humanoïdes à ceux qui n'étaient alors que les précurseurs des modernes Cybers. Eva a vu, dans les vieux enregistrements, les "robots domestiques" d'alors, et les tentatives pathétiques de les faire ressembler à des êtres humains vivants, alors que tout, leur démarche, leur voix, l'absence de fluidité de leurs mouvements, la texture de leur peau, leur odeur, trahissaient leur nature mécanique.

Très vite, toutefois, les créateurs de machines pensantes ont renoncé à toute tentation anthropomorphe : les machines restaient des machines, toutes intelligentes qu'elles puissent être. Pourquoi un banal nettoyeur domestique devrait-il avoir forme humaine, ou spirite ?

Seuls deux domaines ont vu se développer des Cybers de plus en plus semblables soit à des Humains, soit à des Esprits : la sexualité et la puériculture.

Le contrôle très strict de la démographie, après le Second Effondrement, et bien plus encore, après le Troisième Effondrement a progressivement déconnecté le sexe de la procréation. Dans les colonies éloignées, dans les avant-postes de la conquête spatiale, où les partenaires étaient rares, des amants synthétiques, les Simulacres, devenus d'un réalisme confondant, ont souvent pris le relais. Des partenaires simples, obéissants, aux formes parfaites, sans états d'âmes autres que ceux souhaités par leurs maîtresses ou maîtres.

Et, aussi, des nounous idéales pour les enfants. Patientes, attentionnées, bienveillantes ou fermes à volonté. Et qui, de par leur ressemblance quasi parfaite, peuvent servir de substituts aux vrais parents.

Eva la Décideuse, incertaine de sa disponibilité en tant que mère, avait décidé que Eva/S serait une bonne solution.

67, 68 … Toute absorbée dans ses pensées, Eva a déjà dépassé la porte de la salle 65, là où Rikyu, son petit garçon de moins d'un mois, est entre les mains attentionnées du Simulacre.

Son Simulacre. Eva/S, selon l'appellation officielle.

Depuis l'aube de l'Humanité, on sait qu'un nourrisson a un besoin aigu, organique de sa propre mère. Il a toutefois fallu longtemps pour comprendre que les substituts, que des technologies de plus en plus sophistiquées proposaient, automates nourrisseurs, robots ménagers, et jusqu'aux Cybermoms qui ont eu tant de succès, ne pouvaient pas offrir aux petits Humains l'intimité tactile et psychologique, vivante, d'une vraie maman.

Ce n'est que depuis quelques décennies que ce sont généralisés les Simulacres. Progressivement perfectionnés, ces Cybers ont maintenant acquis le grain et l'élasticité de peau, l'odeur, la voix, la posture de la vraie mère. Et jusqu'au goût exact de son lait.

Au point que, d'après leurs créateurs, un enfant est incapable de faire la distinction entre sa vraie mère et son Simulacre. C'est du moins ce que les études cliniques ont montré.

Eva est revenue devant la porte 65. Elle prend conscience d'être là depuis quelques instants déjà, comme interdite. Comme intimidée.

Il faut dire que se trouver nez à nez avec une réplique de soi-même saisissante de vérité a quelque chose d'angoissant, qui ne peut que provoquer, au moins fugitivement, un malaise, comme si la personnalité vacillait.

Et puis, il y a Rikyu, ce petit Humain minuscule, tout chauve, aux petites mains recroquevillées, qui ne sait rien faire d'autre que crier, téter, dormir.

Un peu d'elle-même, un peu de Tanguy, et tellement, déjà, de lui-même…

Les capteurs disposés autour de la porte l'ont identifiée, et le gros voyant orange pulse doucement, indiquant qu'elle peut ouvrir et entrer, si elle le désire.

Lorsqu'elle sera dans le sas, son avatar, son semblable, son Simulacre Eva/S l'y rejoindra et elles se synchroniseront : les implants corticaux d'Eva recevront directement les informations relatives à Rikyu : dort-il ? vient-il de téter ? Est-il calme ou agité ?

Le sas est également un excellent moyen d'éviter que l'enfant ne voie sa mère et le Simulacre de celle-ci en même temps. Les psys ont toujours assuré qu'être en présence, simultanément, deux exemplaires de sa mère pouvait gravement traumatiser l'enfant.

C'est une main tremblante qu'Eva pose, avec une délicatesse qui ne lui est pas coutumière, sur la surface lisse de la porte, qui s'efface sans un bruit. La voilà dans la lumière tamisée du sas, où Eva/S la rejoint. C'est un peu comme si Eva se voyait dans un miroir, un miroir dans lequel son reflet ne lui obéirait plus.

L'émoi des premières rencontres avec son Simulacre est toujours là, si profond qu'elle avance la main pour effleurer celle de ce Cyber qui l'imite si bien. La main est chaude, et comme par un mimétisme savamment simulé par la machine, tremble elle aussi doucement.

Ensuite Eva/S, redevenue un objet inerte, disparait dans une niche latérale, tandis qu'Eva franchit la seconde porte.

L'air est tiède. Un doux bruissement d'eau et des pépiements d'oiseaux conjurent un silence qui pourrait être trop pesant. Dans un berceau environné de froufrous, à la manière antique, son bébé dort paisiblement.

Rikyu, son fils. Et celui de Tanguy, l'absent.

Qu'il est beau. Encore totalement humain, comme le sont les Sauvages qui courent dans les forêts de la Terre.

Encore exempt de ces prolongements artificiels, pseudo-rétines à large spectre, implants corticaux en tous genres, MemoChips, SilentCom et tous les gadgets, que les Organics, Humains comme Esprits, considèrent maintenant comme indispensables.

Eva est hostile aux implantations précoces, malgré la mode qui voudrait qu'on équipe les enfants dès les tous premiers jours de leur existence.

Pour Rikyu, on verra plus tard.

Et, bien sûr, elle est aussi réfractaire aux PsyChips, ces implants prisés par les plus aventureux des Esprits, mais aussi par un nombre croissant d'Humains. Ils leur permettent, en induisant à volonté dans leur cerveau une production contrôlée de dopamine, de sérotonine, d'endorphines ou d'autres neurotransmetteurs, de se plonger dans des états euphoriques, psychédéliques, oniriques. Les drogues chimiques, dangereuses de par l'accoutumance qu'elles provoquaient et par leurs effets secondaires, ont dès lors disparu.

Mais Rikyu, lorsqu'il atteindra sa majorité, décidera par lui-même… Et il aura probablement à composer avec la réprobation de sa mère.

Et qu'en pense Tanguy ? Eva, avec étonnement et une pointe de culpabilité, s'aperçoit qu'ils n'en ont jamais parlé.

Ça y est, l'enfant fronce ses yeux, écarte ses petits bras et vagit. S'agite. Eva s'approche, se penche sur le nourrisson, qui a maintenant ouvert grand ses yeux et suit le doigt mince, à l'ongle parfait, qu'elle passe devant son visage.

Presque timidement, comme pour ne pas l'écraser, elle l'extrait des coussins moelleux et le place sur sa poitrine gainée dans le tissu lisse et moiré de son impeccable combinaison.

Elle sent avec une émotion qui la submerge cette petite vie fragile dont elle a la responsabilité.

L'enfant déglutit, cherche, pleure un peu, puis tente de téter.

Eva la décideuse jette des regards presque effarés. Rikyu veut téter, il a faim. Elle n'a pas de lait. Pas de lait.

Le Simulacre….! Eva la Décideuse repose presque précipitamment dans le berceau son fils qui maintenant, déjà cramoisis, donne de la voix.

Le Simulacre … Il attend dans le sas, prêt à entrer. Eva, confuse et submergée de culpabilité, le croise et s'enfuit.

Eva/S, avec des gestes maternels, prend alors l'enfant, dénude un sein plus vrai que nature.

La petite bouche aspire goulument le lait synthétique que lui prodigue le Cyber.

Immersion

Planète Terre, Méditerranée, Mer Ionienne, 40.442°N 17.179°E.
T=3398874.200960
le 12 septembre 4593, à 16h 49' UTC

Le Véhicule s'est bien posé, sur le fond parsemé de coquillages et de coraux brisés.
Il y a peu de profondeur, ici, et les rayons du soleil filtrent, dispensant une lumière verdâtre. Quelques algues ondulent, un peu plus loin, dans le faible courant qui longe le littoral.

Tout près, une petite île, dont ∩⊤Ѱ vient d'apprendre, en consultant Le Livre, l'encyclopédique base de données que IL, son Dieu, a léguée au Peuple des Elus, qu'elle avait été utilisée dans un très lointain passé par l'un des peuples intelligents de la Terre Sèche, ceux à dix doigts, les Humains, à des fins "militaires".

Pendant son instruction, sur la planète du Peuple, lorsque IL inculquait aux Elus tout ce qu'il était nécessaire qu'ils sachent pour leur long voyage et leur arrivée dans l'Eden, ∩⊤Ѱ a découvert nombre de concepts étranges. Le concept de "militaire" lui a été très difficile à appréhender.
Comment un membre d'une espèce sociale, dans laquelle chacun des individus ne peut survivre qu'avec l'aide des autres, pouvait-il s'employer à détruire un congénère ? Comment de plus, ce comportement absurde pouvait-il être érigé en institution dans une société ?
∩⊤Ѱ a fini par accepter cette notion sans vraiment la comprendre, comme une donnée froide et déconnectée de l'affect.

Depuis que ⋂Τ⧂Ψ a pris place dans le Véhicule et qu'elle en a appris la destination exacte, elle s'est à nouveau replongée dans Le Livre, pour apprendre tout ce que son cerveau principal, celui qui est capable d'abstractions, est en mesure de mémoriser.

Et maintenant que le Véhicule s'est posé sur le fond de la Mer Promise, la quarantaine que IL, leur Dieu, va imposer aux Elus, avant qu'ils ne puissent prendre contact avec le milieu extérieur, va laisser encore à ⋂Τ⧂Ψ le temps de chercher, d'approfondir, d'emmagasiner.

Certains de Ceux-qui-Obéissent, les esclaves mécaniques que IL a mis au service des Elus, se sont déjà dispersés, pour explorer les environs, en répertorier les ressources.

Ceux-qui-Obéissent étaient déjà positionnés en-dehors de l'aquarium, au-delà du sas qui maintenant sépare encore l'eau de l'intérieur du Véhicule de celle de la mer à l'extérieur. De cette manière, les Elus peuvent prudemment étudier leur nouveau monde, l'Eden, analyser tout cc qui les entoure. Ils ne courent ainsi pas trop tôt le risque d'être confrontés aux petits démons, ceux qui pourraient causer du mal aux Elus, et faire qu'ils ne goûtent pas pleinement la félicité de l'Eden.

Mais bientôt, quand IL, leur Dieu, le décidera, ils ouvriront l'aquarium et pourront se disperser dans l'eau de l'Eden, qui grouille de vie.

Ils bâtiront une des huit Cités promises par leur Dieu, comme le feront, dans d'autres mers, les Elus des sept autres Véhicules.

⋂Τ⧂Ψ, ⵙ⧂|⧂ et ⳤ⋔⋔ sont derrière un hublot, qu'un de Ceux-qui-Obéissent a ouvert en retirant un des panneaux de protection.

Ils regardent, regardent. Un monde apparemment immense, sans limite, sans cloisons, sans sas, où le regard se perd peu à peu, dans l'eau trouble, chargée de vie, qui estompe les formes dans la distance.

Des bancs de poissons, et parfois l'un d'entre eux, beaucoup plus gros, fuselé, qui file comme un trait, change brutalement de direction, revient. Qui vient examiner de près un de Ceux-qui-Obéissent qui rampe sur le fond en enjambant des coraux, des algues, des polypes.
Un poisson beaucoup plus grand que ceux que IL a fait vivre là-bas, dans les bassins de la planète du Peuple, puis ensuite sur le vaisseau qui les a amenés vers la Planète Bleue.

Plus haut, beaucoup plus haut, ⋂⊤Φ♆ devine le miroitement de la surface, là où l'eau bienfaitrice laisse la place à ce que Le Livre appelle "l'atmosphère". Un milieu hostile, inhospitalier, où évoluent d'autres êtres, que les Elus ne souhaitent pas connaître.

Tout ceci, ⋂⊤Φ♆, ϒ♀|Φ, et les autres le savent. Ils l'ont étudié, lorsqu'ils ont lu Le Livre, comme l'a ordonné IL, leur Dieu. IL les a guidé - adoré soit-il - en leur indiquant les chapitres importants, tout ce qu'ils doivent apprendre pour pouvoir vivre dans l'Eden, la Mer Promise qu'il leur a choisie.

Il savent tout cela, mais l'expérience réelle, au-delà des images, des effluves, des sons diffusés par les écrans par lesquels IL les a éduqués est beaucoup plus intense, plus vraie.

Tandis que ⋂⊤Φ♆ s'extrait de sa rêverie, aligne ses huit tentacules et d'un jet énergique de son siphon, s'écarte du hublot pour aller vaquer aux tâches qu'elle avait un moment délaissées, ϒ♀|Φ et ʕʎ⋂ s'attardent devant le fantastique spectacle.

Tandis qu'enfin tous deux décident de s'arracher à la contemplation de leur nouveau monde, ils voient plusieurs parmi Ceux-qui-Obéissent revenir précipitamment vers le Véhicule. Des messages s'échangent, qui s'affichent sur le petit écran placé à côté du hublot.

Un intrus.
Bientôt ils distinguent, de plus en plus nette dans l'eau trouble, une silhouette insolite qui s'approche.
Un être qu'ils ne connaissent pas, et que Le Livre n'a pas mentionné.
Comme une immense araignée de mer, faite d'un corps massif suspendu sur huit très longues pattes grêles terminées par des appendices griffus. Sur le corps, sur ce qui pourrait en être la tête, deux longs pédoncules articulés terminés par ce qui doit être des organes sensoriels, des yeux par exemple.

L'être étrange s'approche, dans un mouvement comme mécanique, si différent de la souplesse élégante des Elus.
S'immobilise de l'autre côté du hublot, à le toucher. Avance une patte noire, palpe la surface transparente.

Entre temps, alertés par les spectateurs médusés qui ont assisté à l'apparition, d'autres Elus se sont agglutinés derrière le hublot.
, qui est revenue précipitamment, mais aussi , 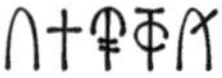, 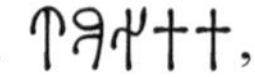, et .

Indifférent aux regards qui le suivent, l'Opilion s'écarte et entreprend de faire le tour du Véhicule.

Polymères

Module Koontz, Géostat, 17°W
T=3398876.867395
le 15 septembre 4593, à 08h 49' UTC

Les dernières données n'ont fait que confirmer les soupçons qui s'accumulaient depuis que le mystérieux vaisseau Gé s'est mis en orbite basse autour de la Terre. Evidemment, dès les toutes premières informations préoccupantes, de houleux débats, qu'on croyait oubliés, se sont réveillés entre les deux factions.

L'éparpillement des principales colonies des Organics n'a pas facilité les communications. Les observateurs modérés s'en félicitent, car les importants délais de propagation des signaux radios ont considérablement amorti et assagi les empoignades verbales que les extrémistes du FPPM et du RPV n'auraient pas manqué de provoquer.

Les activistes du FPPM, le Front pour la Préservation de la Planète Mère, dont les effectifs principaux sont regroupés sur la Lune et ici, sur le Géostat, n'ont toutefois pas manqué de hurler au scandale : comment as-t-on pu laisser un vaisseau alien se mettre en orbite autour de la Terre ?

N'avait-on pas deviné que son seul but était d'envoyer vers la surface des colons, qui ne pourront qu'aliéner, salir, détruire le sanctuaire sacré qu'est la planète des origines ? Bien sûr, les Organics n'ont plus d'expérience de la "guerre", cette activité horrible qui a fait s'entretuer les Humains depuis la préhistoire jusqu'au Troisième Effondrement.

Mais là, ce ne sont pas des congénères qu'il faut détruire ! Il s'agit de préserver la Vie. Annihiler le vaisseau Gé ne doit être considéré que comme une simple opération d'assainissement, comme lorsqu'on tue des bactéries, qu'on désinfecte une plaie.

Ne saurait-on pas détourner de leur usage habituel les puissants faisceaux laser qui servent à transmettre de l'énergie aux petites colonies des astéroïdes de la Ceinture Principale ? Il aurait suffi de les focaliser un peu sur la coque de Gé pour le griller.

Mais non, on a laissé faire ! Et maintenant Gé a pu faire amerrir huit engins dans des eaux peu profondes à proximité des côtes. Et que rapportent les ARPs envoyés en éclaireurs ? Que les "Opilions", ces ridicules robots primitifs qu'utilisent les Sauvages sont déjà sur place. Et que des êtres vivants mutants semblent se préparer à sortir en pleine mer. Les ARPs ont observé, à travers les hublots des engins posés sur le fond, ce qui ressemble beaucoup à des poulpes de grande taille, qui de toute évidence communiquent entre eux et avec des machines.

Il faut agir, maintenant, avant qu'il ne soit trop tard !

Les excités du FPPM, surtout des Humains, ont essayé de manifester jusque derrière les portes de la salle de conférence, ici, sur Koontz, et sans le filtrage efficace que permet l'identification génétique automatique, la réunion n'aurait pas pu avoir lieu.

Mais pour les membres du Groupe de Travail réuni ici dans la salle EXT23 la situation semble, au moins pour le moment, être sous contrôle.

Eva la Décideuse est très nerveuse, quand même, lorsqu'elle se lève pour donner la parole à Muroo, pour la brève séance de synthèse, un peu improvisée, qui se tient ici, sur le Géostat, où les observations faites à la surface de la planète sont collectées.

L'Esprit, célèbre dans tout le Système Solaire pour ses travaux remarquables en exobiologie, apprécié pour sa maîtrise et son calme, s'approche du pupitre en se dandinant. Il se campe solidement sur ses deux pattes robustes et sa queue musculeuse. Il ferme un instant ses paupières ridées, les rouvre, puis ses membranes nictitantes, d'un rapide mouvement horizontal, balaient ses yeux jaunes.

Nyclos, Eva, et les autres qui le connaissent bien savent que ceci signifie que Muroo réfléchit brièvement à ce qu'il va dire et que ce sera clair, concis, bien senti.

Muroo précise tout d'abord qu'il ne s'étendra pas sur l'historique de l'arrivée de Gé, et qu'il se refuse à toutes spéculations quant aux intentions de ses éventuels habitants. Il s'en tiendra aux faits, et aux extrapolations que les Cybers ont pu en faire, et dont la probabilité de réalisation est évaluée à plus de 80%.

Muroo précise que les événements se déroulent trop rapidement pour que de longs débats, qui impliqueraient l'ensemble des représentants de la Fédération dispersés dans les colonies, soient possibles. Le Comité Exécutif rassemblé en ce moment même à Olympus, sur Mars, a obtenu délégation pour prendre les dispositions qui s'imposent. Il ne lui manque donc plus que les conclusions de cette séance de synthèse que lui, Muroo, entend bien clôturer d'ici quelques minutes.

Les faits sont les suivants. Huit engins sont posés à faible profondeur, près des côtes.

Muroo, posément, les énumère : quatre d'entre eux sont situés dans l'Océan Pacifique, deux dans l'Océan Atlantique, un dans l'Océan Indien et un dans la Méditerranée.

Chaque fois, martèle Muroo, il y a peu de fond, l'accès à la côte est aisé, et la température de l'eau est douce ou tiède. Les huit engins ont envoyé des robots en exploration. Trois de ces engins ont été visités par les Opilions des Sauvages. Dans six de ces huit engins des poulpes ont été observés par les ARPs. Pour les deux engins restants, il reste un doute. Ces poulpes manipulent des terminaux tactiles et interagissent entre eux.

Les deux Cybers en charge de l'évaluation de la situation, Tikil_000317 et Vlag_000914, sont arrivés à la conclusion que, avec une probabilité de plus de 93%, ces poulpes, ou ces êtres qui y ressemblent beaucoup, et qui sont manifestement intelligents, s'apprêtent à quitter leurs engins, pour occuper le fond marin alentour. Les robots qui les accompagnent ont déjà commencé à édifier des structures. Les Cybers suggèrent qu'un processus de fabrication semble en marche, auquel ils attribuent une probabilité qui, pour le moment, n'est encore que de 47%, mais est constamment revue à la hausse.

Toutes ces données ont déjà été transmises au Comité Exécutif qui siège en ce moment sur Mars, dans la station Olympus 2. Elles ont dû être rendues publiques, compte tenu du nombre d'intervenants.

Mais, déclare Muroo après une brève pause, de nouvelles données viennent d'être rassemblées, qui ont été livrées par les ARPs au sol. Elles n'ont pas encore été transmises ni au Comité Exécutif, ni à toute autre instance.

Pour le moment, en comptant les ARPs impliqués et les membres du Groupe de Travail ici présents, le nombre d'individus dans la confidence n'excède pas les soixante-quatre, ce qui permet, sous le couvert du Free Information Act, de les considérer comme des Données Privées Interpersonnelles, et de ne pas les divulguer.

Muroo s'interrompt un instant, et parcourt son assistance d'un regard grave. Puis il reprend : les premières analyses qui ont pu être faites sur place par les ARPs, qui ont réussi à subtiliser quelques éléments apportés par les aliens, montrent avec une quasi-certitude de 99,7% que les artefacts aliens sont au moins pour partie, constitués de polymères organiques non biodégradables.

Eva la décideuse, ainsi que certains autres participants savaient déjà. Les autres se regardent, et une rumeur monte. L'information est très préoccupante.

Ils comprennent maintenant pourquoi Muroo et Eva ont tenu à convoquer le Groupe de Travail, ici sur Koontz, avant de transmettre les informations au Comité Exécutif, ce qui les aurait de fait rendues publiques.

La nouvelle est explosive.

Ils se mettent tous à parler en même temps. L'émotion est telle que, spontanément, d'une manière qu'on pourrait dire atavique, ils n'échangent pas au moyen des SilentComs, mais éprouvent le besoin de parler, de vocaliser leur émotion.

Des polymères organiques non biodégradables…
Comme ceux que les Humains avaient dispersés dans la biosphère de la Terre, en quantités monstrueuses, jusqu'au XXIème siècle. Des milliards de tonnes de polychlorure de vinyle, de polyéthylène, de polytetrafluoroéthylène, de nombreuses autres macromolécules aux noms barbares que les animaux ne pouvaient digérer, que les bactéries ne pouvaient dégrader. Les océans étaient encombrés d'immenses radeaux faits de débris plastiques, qui tuaient les animaux marins. Sur les continents, des montagnes de matériaux délaissés envahissaient les zones périurbaines, et jusqu'au fond des campagnes.
Ici, dans la petite salle de réunion du module Koontz, les Organics, qui viennent d'apprendre l'horrible nouvelle, voient remonter, comme un cauchemar, les images d'archive, de paysages dévastés, de mers polluées. D'une planète qu'il a fallu nettoyer, assainir, réhabiliter.
Et les aliens menacent de recommencer, de déverser à nouveau dans une nature redevenue sauvage, presque vierge, des polymères plastiques imputrescibles. S'ils se mettent à proliférer, dans les mers et peut-être sur les continents, l'horreur va se répéter. Le réservoir de biodiversité de tous les Organics du Système Solaire va être, à nouveau, menacé. Le sanctuaire, que seuls quelques Sauvages primitifs mais respectueux habitent, va être violé, souillé.
L'indignation est à son comble. Oui, il faut immédiatement informer le Comité Exécutif sur Mars. Qu'il prenne les mesures qui s'imposent.

Eva s'avance, alors que les discussions se croisent et que la tension monte. Elle demande l'attention des participants. Puis elle explique qu'il n'y a pas, a priori, d'urgence à agir. Les "mesures correctives" comme elle les appelle, vont de toute façon demander du temps, et peuvent être appliquées plus tard, car la menace n'aura pas d'effets graves à court terme. Par ailleurs, une annonce publique dès maintenant risquerait d'exacerber les revendications déjà virulentes des activistes du FPPM, pour qui la présence des Sauvages est déjà, depuis des siècles, une entorse au statut de sanctuaire de la planète Terre.

Ceci est d'autant plus vrai que c'est sur Mars que les tenants du RPV, le Rassemblement Pour la Vie, sont les plus nombreux et les plus influents. Le Comité Exécutif ne pourra pas faire abstraction de leurs pressions.

Le RPV, qui s'oppose très activement au FPPM, prône l'ouverture aux autres espèces intelligentes, et la liberté de débarquer sur la Terre. La planète des origines est par ailleurs le seul exutoire possible, à terme, à la démographie de Mars, qui, depuis le parachèvement de son terraforming, et la possibilité d'y évoluer dans une atmosphère désormais respirable, conteste la limitation démographique et l'eugénisme imposés au lendemain du Troisième Effondrement.

Dénoncer aujourd'hui le risque de souillure de la Terre par les poulpes aliens, ce serait, prématurément, précipiter le RPV et le FPPM dans un affrontement qui absorberait la précieuse énergie dont les Organics ne manqueront pas d'avoir besoin, dans la situation trouble dans laquelle l'arrivé de Gé les a placés.

Mais tout en déroulant son argumentaire, Eva se rend bien compte qu'elle n'a pas vraiment l'attention des dix-sept participants de la réunion qu'elle a hâtivement convoquée, et qui, sans la regarder, poursuivent des discussions animées.

Mais il faut décider, vite, si oui ou non le Comité Exécutif doit être averti dès maintenant. Car même si, du point de vue légal, le Groupe de Travail, ici sur Koontz, en l'absence d'une certitude totale, avérée, du caractère dangereux des poulpes, n'a pas l'obligation de divulguer l'information, la responsabilité qu'il prendrait serait quand même énorme. Et son impact pourra lui être reproché.

Avec un soupir, un message fugitif par SilentCom à Muroo et des regards échangés, Eva la Décideuse lève les deux bras pour demander le calme. Elle propose un vote.

Et, à une très courte majorité, le Groupe opte pour une transmission immédiate de la nouvelle au Comité Exécutif de la Fédération, là-bas sur Mars.

Comité Exécutif

Station Olympus 2, Olympus Mons, Planète Mars, 18,4°N 226,0°E
T=3398876.941701
le 15 septembre 4593, à 10h 36' UTC

Il aura fallu plus de vingt minutes au message provenant du Groupe de Travail réuni sur le module Koontz, sur le Géostat, pour parvenir aux antennes de la station Olympus 2, l'immense complexe construit au lendemain du Troisième Effondrement.

Le contenu du message étant encore couvert, au moment de son envoi, par le secret des Données Privées Interpersonnelles, il a été encrypté. Pour compliquer encore, compte tenu des positions relatives de la Terre et de son Géostat, et de Mars, de part et d'autre du Soleil en ce moment, la transmission a dû être relayée par le satellite artificiel Xolotl, en orbite autour de l'inhospitalière Vénus.

Les éminents membres du Comité Exécutif, dont sept d'entre eux comptent parmi les douze sages du GFEPBT, le "Groupe Fermé d'Etude pour la Protection de la Biosphère Terrestre", sont sur le pied de guerre. Ils savent qu'une information cruciale va leur être révélée.

Ils attendent depuis une heure déjà, impatients, irrités de devoir se plier au bon vouloir d'un simple petit groupe de travail dont le rôle ne devrait être, après tout, que de relayer les informations collectées par les instruments du Géostat.

Ils ont bien conscience que ce qu'il vont apprendre devra être divulgué immédiatement au grand public, en vertu du Free Information Act.

Mais, étant mandatés pour prendre en charge les situations de crise, et ils se sentent prêts à gérer celle-là.

La localisation sur Mars des plus hautes instances de la Fédération ne s'est pas faite sans mal. Durant des siècles, la Lune a revendiqué la primauté, pour des raisons historiques et du fait de sa proximité de la planète Terre. Dans la période qui a immédiatement suivi le Troisième Effondrement et la sanctuarisation de la Terre, c'est sur la Lune que la population était la plus importante, avec une courte majorité d'Esprits. La pesanteur modeste, assez proche de la valeur standard de 0,125g, et ses ressources minières la désignait comme seconde patrie des Organics.

Peu à peu, toutefois, les travaux de terraforming entrepris sur Mars en ont progressivement fait, malgré la pesanteur plus importante, le lieu de résidence préféré des Organics. Les ressources en eau, une atmosphère devenue respirable presque partout, une adaptation rapide et satisfaisante d'espèces végétales sélectionnées en ont fait une seconde Terre. C'est ainsi qu'aujourd'hui, c'est sur Mars que vit plus de la moitié de la population du Système Solaire.

Mais la vieille rivalité ne s'est pas éteinte, et se manifeste jusque dans les tendances politiques des deux populations.

Sur la Lune, la majorité des habitants, c'est-à-dire ceux qui n'occupent pas la face cachée, peuvent en permanence contempler la Terre, grosse boule accrochée dans le ciel. Elle est un rappel permanent de ce paradis perdu qu'il a fallu quitter pour coloniser d'autres astres, et qui demeure la précieuse, l'éternelle source de vie. C'est sur la Lune que se recrutent majoritairement les tenants du FPPM, le Front pour la Préservation de la Planète Mère.

Sur Mars, par contre, les habitants, s'ils comprennent que le réservoir de biodiversité de la Terre reste aujourd'hui indispensable, n'en espèrent pas moins qu'un jour, le foisonnement de vie qu'ils ont installée sur leur nouvelle planète pourra devenir auto-suffisant et pérenne. C'est ici, sur Mars, que les Organics s'affranchissent le plus vite de leur origine, s'approprient vraiment leur colonie, et rêvent d'essaimer toujours plus loin. C'est parmi eux que se recrutent les plus idéalistes partisans du RPV, le Rassemblement Pour la Vie. C'est aussi pourquoi c'est ici, à Olympus 2, que travaillent les plus éminents exobiologistes.

Olympus 2 s'étend sur des kilomètres dans le vaste cratère d'Olympus Mons, le plus grand volcan du Système Solaire. Compte tenu de l'altitude, les couloirs interminables qui relient les dômes sont pressurisés, sans quoi, dans l'atmosphère trop ténue, la respiration serait impossible.

Ailleurs sur la planète, dans les terrains bas, les Organics peuvent, depuis les titanesques travaux de terraforming des derniers siècles, sortir sans équipements respiratoires, et les plantes foisonnent. Mais ici, dans le grand cratère, il n'est pas question d'ouvrir les fenêtres.

La grande salle de conférence n'est séparée de l'immensité du ciel constellé d'étoiles que par la grande coupole transparente, mais les membres du Comité Exécutif réunis à la hâte sont bien trop préoccupés pour contempler le spectacle des deux satellites naturels, Phobos et Deimos, qui gravitent au-dessus de leurs têtes.

Ça y est, la nouvelle est tombée. Bien qu'il serait aisé de transmettre l'information directement et silencieusement à tous les participants, au moyen de leur SilentComs, le protocole, immuable depuis des siècles, dicte que c'est à la présidente du Comité qu'il incombe de divulguer verbalement la nouvelle.

Face à ses collègues qui ne la quittent pas des yeux, Granys se tient debout comme le font ses congénères, solidement appuyée sur sa queue musclée. Ses yeux sont fermés alors qu'elle reçoit directement au moyen des implants logés dans son cerveau la difficile révélation.

Lorsqu'elle soulève ses paupières ridées, les Esprits de l'assistance, qui savent bien mieux lire son émotion que ne le peuvent les Humains, savent que le pire, peut-être, est arrivé.

La Terre est menacée.

Granys prend la parole, et explique que des robots sortis des engins envoyés par le mystérieux vaisseau Gé vers les mers et les océans de la Terre, sont en train de bâtir des structures pour accueillir les formes de vie intelligentes qui les habitent.

Les êtres intelligents en question sont des poulpes, ou du moins leurs descendants, améliorés, modifiés par l'intelligence qui, très probablement, réside sur la planète double Enlil/Ninlil qui maintenant s'éloigne à grande vitesse.

Si les nouveaux venus ont hérité de leurs ancêtres des mers du globes, ils sont une espèce prolifique, robuste, qui, si elle s'avère bactériologiquement compatible avec les océans d'aujourd'hui, ne pourra que coloniser rapidement les fonds marins.

Si la biosphère terrestre pouvait être préservée, et si l'impact des nouveaux venus restait comparable à celui des Sauvages, il serait raisonnable de penser que la Fédération saurait les tolérer. Peut-être même si, contrairement aux Sauvages, ils étaient disposés à interagir avec les Organics, des échanges pourraient être bénéfiques à tous.

Mais …

… mais les poulpes ont déjà commencé à disséminer des polymères imputrescibles dans la mer.

Les membres du comité s'agitent, parlent tous en même temps, s'indignent.

Il est hors de question de mettre en péril la biosphère, après tous les efforts déployés par des générations d'Organics et des légions de Cybers pour nettoyer la planète.

On se souvient des images d'archives, de l'horreur des paysages jonchés de débris de métal et de matières plastiques, les fleuves empoisonnés, de l'air chargé de nanoparticules, de l'océan encombré de détritus. Il a fallu des siècles pour assainir la situation, et pour que le nombre d'espèces d'animaux, de végétaux, de microorganismes augmente à nouveau.

Il est bien entendu hors de question que des poulpes génétiquement modifiés par un Cyber pirate ne détruisent tout ce travail, et mettent en danger le réservoir de vie dont tout le Système Solaire a besoin.

Bien sûr, il ne s'agit pour le moment que du rejet dans des eaux peu profondes de quelques pauvres morceaux de polymères simples. Mais le processus est bien trop connu, et l'histoire a montré qu'il fallait l'enrayer immédiatement.

C'est alors que Zumir demande la parole. Le vieux Zumir, un des savants les plus réputés du Système Solaire. Tous se taisent, Humains comme Esprits.

Le voilà qui s'avance pour se placer devant l'assistance. La pesanteur élevée de Mars ainsi que son grand âge lui ont fait adopter un exosquelette léger et robuste en CarboC noir, qui contraste avec l'espèce de tunique blanche que portent volontiers les Esprits.

La teinte claire et bleutée de ses mains et son cou nu exprime son calme et sa maîtrise.

Aurait-il une idée ?

Il n'est pas possible d'éliminer ces poulpes directement, dit-il. Nous n'avons plus d'armes matérielles depuis des siècles, et nos lois nous l'interdiraient de toute manière. Par ailleurs une nouvelle espèce, si elle est intelligente, peut peut-être contribuer au progrès de la civilisation solaire.

Bien sûr, il nous faut absolument protéger la Terre.

Si ces poulpes sont bien les descendants des échantillons vivants embarqués jadis, il y a vingt-cinq siècles, dans le vaisseau qui a emporté vers Enlil des voyageurs Esprits, alors ils devraient pouvoir survivre aisément dans les océans terrestres. Comme les Sauvages sur la terre ferme, où leur impact environnemental est négligeable.

Pourquoi, dans ce cas, ne pas leur laisser leur chance ?

Sous réserve de les empêcher de polluer les mers et les continents.

Il y a pour cela une solution.

La compréhension se lit dans les visages. Mais oui…

Campée à côté du vieux sage, Granys la présidente murmure, comme pour elle-même.

Sa voix fait comme un croassement…

…Les plaskills !

Les plaskills

Module Koontz, Géostat, 17°W
T=3398877.050729
le 15 septembre 4593, à 13h 13' UTC

Le Groupe de Travail n'a pas quitté la salle EXT23 depuis le matin.
"Le matin" … l'expression est restée, comme un vestige des temps révolus où la vie des Organics était commandée par l'alternance des jours et des nuits sur la planète des origines.

Aujourd'hui, à part sur Mars, où un cycle très similaire, de 24 heures et 39 minutes, rythme la vie des habitants, les colons sont soumis à des périodes de lumière et d'obscurité très variées. Les habitants de la Lune, les sélénites, ont un "jour" qui dure un peu moins d'un mois. Sur Ganymède il dure sept jours et sur Callisto un peu plus de seize.

Mais ici, toutefois, sur le Géostat, dans les modules les plus importants, dont la population sédentaire habite d'énormes carrousels dont la rotation maintient une gravité artificielle bien plus confortable que ne le serait l'apesanteur, la journée a la même durée que sur la surface de la Terre : les carrousels sont positionnés du côté interne du Géostat, et leur axe de rotation est orienté vers la planète. Les habitants, à travers les hublots, la voient en permanence. Il fait alors jour lorsque le sol en-dessous est plongé dans la nuit, et vice versa.

Pour les travailleurs en apesanteur qui évoluent du côté du module opposé à la planète, la situation est inversée, il y a fait jour, à longitude identique, en même temps que sur la planète.

Chaque module est ainsi en permanence exposé au Soleil sur un de ses côtés, sauf évidemment en période d'équinoxe où l'ombre de la planète se projettera pendant un peu plus d'une heure sur les modules du Géostat opposés au Soleil.

Depuis que Mars est devenu le principal centre de peuplement du Système Solaire, devant la Lune et le Géostat, des demandes insistantes ont été déposées par les martiens pour modifier la durée officielle du jour et l'aligner sur celui de Mars. L'écart, arguent-ils, serait minime, moins 3%, et simplifierait grandement la vie des habitants. La question est posée depuis des siècles, mais la difficulté de modifier les horloges et les habitudes de tout le Système Solaire, et l'inertie des décideurs ont eu raison des revendications des habitants de la planète rouge… qui n'est plus très rouge, depuis les travaux de terraforming qui la rendrait méconnaissable aux astronomes antiques.

Les martiens s'accommodent donc d'un décompte du temps glissant, et l'heure officielle ne correspond pas de manière permanente à un moment de la journée. Ainsi, il peut être 14 heures au petit matin.

Quoi qu'il en soit, les Organics, Esprits ou Humains, conservent où qu'il soient le besoin ancien, atavique, gravé dans leur gènes, d'un cycle circadien d'environ 24 heures, avec des phases de sommeil et de veille, et rythmé par des repas à heures sensiblement régulières. Toutes les tentatives, répétées de siècle en siècle, de s'en affranchir se sont soldées par de cuisants échecs. Aujourd'hui, en l'absence d'un jour et d'une nuit, ce sont les artifices que permettent les éclairages et les volets occultants qui garantissent aux Organics un cycle biologique acceptable. Il n'y a que les Cybers pour qui cela n'a jamais été une contrainte.

Il est un peu plus de treize heures, donc, et le Groupe de Travail, qui n'a, depuis le matin, absorbé que de la caféine, s'est fait servir un repas.

Ce n'est certes pas de la grande cuisine, comme celle que l'on sert dans les établissements prestigieux du module Bradbury. Mais la qualité des produits s'est améliorée, et les cultures maraichères, réparties dans les jardins à gravité contrôlée qui sont installés dans chaque module du Géostat, permettent désormais de manger des produits locaux. Finies les importations de légumineuses en provenance des coupoles lunaires, finies les bananes cultivées sur Cérès et acheminées en vaisseaux-mûrisseries. Quant aux produits carnés, ils sont issus des meilleures usines de croissance contrôlée du Géostat. Des tissus musculaires clonés à partir des meilleurs bovins, de volailles sélectionnées, de kangourous primés, d'autruches réputées. Des viandes goûteuses et saines dont on a su, au fil des siècles, éliminer tous les adjuvants artificiels. Et pour les Esprits, qui en sont friands, des insectes juteux de toute première catégorie.

Un opérateur-robot a déposé devant chaque Organic une assiette garnie. Certains, comme pour oublier la gravité du moment et l'attente de la décision que devrait prendre le Comité Exécutif, ont demandé du vrai vin.

L'opérateur-robot leur sert un Cabernet, cuvée 4579, à la belle robe rubis, issu d'un des meilleurs vignobles d'Elysium Planitia, sur Mars.

D'autres, comme Muroo ou Xukul, utilisant leurs PsyChips, les implants qui leur donnent le contrôle partiel de leurs neurotransmetteurs, s'octroient une légère euphorie qu'ils seront en capacité d'interrompre à volonté quand l'urgence le commandera.

Eva la Décideuse, pensive, allonge ses jambes fuselées, passe machinalement ses mains aux longs doigts déliés sur le tissu noir brillant qui gaine ses cuisses, et lentement arque son cou délicat en arrière, le regard dirigé vers le plafond vide, sans le voir. C'est à ce moment précis que la voix douce du Cyber Vlag_000914 annonce que la réponse du Comité Exécutif, réuni là-bas sur Mars, vient de tomber sur les antennes du Géostat.

Eva se contracte. Le vin d'un verre renversé par la main maladroite d'un Esprit goutte sur le sol lisse. Comme tétanisée, Eva suit des yeux les perles écarlates. Elle se surprend à penser que dans la modeste pesanteur du Géostat, ces gouttes rouges mettent un temps pour atteindre le sol qui aurait bien étonné les ancêtres terriens.

Puis elle se reprend. Mais qu'il parle donc, le Cyber ! Qu'a décrété le Comité ?

Ils sont tous alertes, tandis que Vlag_000914 déclare que le Comité Exécutif, en vertu des pouvoirs qui lui sont conférés par la Fédération, ordonne d'essaimer tous les sites d'amerrissage des engins aliens avec des plaskills.

Dimitri, un Humain trapu assis juste à côté de Xukul, en bout de table, hoche la tête d'un air accablé, avant de déclarer que les plaskills vont probablement détruire les engins envoyés par Gé, et que c'est comme … comme une "guerre" … Il peine visiblement à prononcer le mot.

Après l'annonce fracassante qu'a relayée le Cyber, viennent les explications, les justifications. Il est inacceptable pour le Comité, dit Vlag_000914, que les PseudoPoulpes, comme on les appelle déjà, mettent en péril, en y déversant des polymères synthétiques, le travail d'assainissement de la biosphère qui a mis tant de temps et coûté tant d'effort aux habitants du Système Solaire.

Si cette espèce intelligente, manifestement créée à partir de souches de poulpes emportées jadis vers la planète Enlil, veut coloniser nos océans, elle devra le faire en respectant les règles de la biosphère : garder la planète propre.

Le Groupe de travail est en effervescence. Les interjections, les questions, les protestations se croisent. Les discussions ne concernent pas seulement l'éthique de l'opération, mais aussi des points pratiques qui pourraient être bloquants. Reste-t-il des plaskills en quantité suffisante dans les banques de microorganismes soigneusement préservées sur le module Asimov ? Rien n'est moins sûr ! Il va peut-être falloir lancer d'urgence une culture.

Il faut dire que les plaskills n'ont pas été utilisés depuis longtemps.

C'est après le Troisième Effondrement, il y a bien longtemps, au XXVIIème siècle, que la nécessité de réhabiliter la biosphère de la planète Terre a mené les Organics à créer les plaskills.

A l'époque, les océans et les mers intérieures, ainsi que de larges parties des continents étaient polluées par des quantités monstrueuses de détritus. Les extractions massives d'hydrocarbures ponctionnés dans le sous-sol avaient permis la synthèse de nombreux polymères qui n'existaient pas avant dans les milieux naturels, si ce n'est à l'état d'infimes traces. Ces "plastiques" comme on les appelaient alors, servaient de matériau de construction à tout faire et avaient envahi tous les aspects de la vie des Organics : leurs habitations, leurs véhicules, tous les objets du quotidien, leurs machines et tous les emballages grands et petits. La question de leur destruction ou de leur recyclage avait longtemps été négligée. Ainsi, les détritus de "matières plastiques" ont envahi la planète. Dans les grands océans, de véritables îles flottantes se sont étendues là où les courants les ont agglutinées. Il n'y avait plus une forêt qui ne soit souillée par des emballages abandonnés là, ou apportés par le vent.

Pire encore étaient les méfaits invisibles de l'épandage des débris plastiques : des particules microscopiques de polymères ont envahi toute la biosphère, ont été abondamment ingérées par les animaux, provoquant des destructions massives d'espèces marines, des anomalies, des dégénérescences en tous genres.

Les pollueurs se sont longtemps abrités derrière l'idée que, tôt ou tard, la nature s'adaptera et apprendra à éliminer les débris disséminés par les Organics.

En effet, les organismes vivants contiennent un grand nombre de polymères naturels que les bactéries savent dégrader, digérer, et recycler : la cellulose des plantes, la kératine des cornes, des poils et des ongles, le collagène des tendons et de la peau, l'amidon, la chitine et bien d'autres encore.

Longtemps, les pollueurs ont fait le pari que, tôt ou tard, des mutations accidentelles de bactéries produiraient des espèces capables de digérer le PVC, le nylon, le polypropylène… Et qu'elles résorberaient ainsi, naturellement, les polluants.

La décision difficile de sanctuariser la Terre et d'en faire une réserve inviolable permettant de garantir aux colonies de ressourcer, en cas de besoin, leurs fragiles écosystèmes a posé la question de créer les microorganismes nécessaires au nettoyage. Car leur apparition spontanée, prophétisée par les plus optimistes, tardait toujours.

C'est ainsi que les destructeurs de plastiques, les "plaskills" comme on les a promptement surnommés, ont été obtenus par génie génétique, et qu'ils ont été répandus sur toute la surface du globe. Les quelques espèces ainsi crées ont efficacement, en une trentaine d'années seulement, débarrassé la Terre de la plupart des polluants majeurs. Seuls les métaux lourds et les déchets radioactifs, difficiles à collecter et à éliminer, sont restés en place.

La décision du Comité est lourde de conséquences. Les robots des PseudoPoulpes sont en grande partie constitués de polypropylène, les dernières observations des ARPs l'ont confirmé. Leurs engins eux-même, hormis leur coque métallique, probablement un alliage de Titane, semblent principalement faits de matières plastiques.

Le niveau sonore s'est élevé dans la salle EXT23, et les Organics présents, oubliant complètement, dans une réaction naturelle, instinctive, leur capacité à dialoguer en silence au moyen des SilentComs, crient, s'interpellent, dans la chaleur des arguments.

Eva tente vainement de ramener le calme, d'imposer un ordre de parole, de structurer le débat. Mais y a-t-il débat ? La décision du Comité est irrévocable, en principe.

Il y a cependant tant à dire...

Le Groupe de Travail sait bien que les options sont peu nombreuses, et toutes problématiques. Si l'on exclut la désobéissance au Comité Exécutif, il ne reste que trois possibilités.

Ou bien les souches de plaskills conservées depuis des siècles dans la Banque Biologique sont inopérantes, et il faudra en recréer. Cela prendra du temps, et il est évident que les poulpes intelligents profiteront de ce temps pour "se faire une place au Soleil" et qu'il faudra composer avec eux. Dialoguer ? Interagir ?

Ou bien les plaskills détruisent les appareils et les installations des PseudoPoulpes, mais ces derniers seront capables de vivre comme les poulpes ordinaires sur le fond marin. Leur intelligence, qui est évidente, leur permettra-t-elle de reconstruire une technologie ?

Ou, enfin, l'action des plaskills éradiquera les PseudoPoulpes. N'est-ce pas alors la destruction pure et simple d'une civilisation intelligente ? En a-t-on moralement le droit ?

Alors que les discussions se poursuivent, la voix posée de Vlag_000914 s'élève à nouveau. Il a vérifié : la Banque Biologique #3, installée sur le module Asimov, ici, par 97° de longitude Est sur le Géostat, possède des plaskills capables théoriquement de dégrader tous les polymères les plus courants. Vlag_000914 a déjà demandé qu'on en vérifie immédiatement l'efficacité, et que, si elle est avérée, que l'on procède à des cultures massives.

Pendant que nous, les Organics, nous palabrons, les Cyber agissent, se prend à penser Eva la Décideuse.

De guerre lasse, n'ayant pu obtenir le calme propice à une discussion posée et structurée, elle prend dans sa longue main fine celle, plus large, plus courte, aux quatre doigts un peu calleux de Muroo, l'attire à l'écart. Qu'en pense-t-il, lui ? Si les plaskills détruisent les équipements polluants des PseudoPoulpes, et les menacent de disparaitre, les Organics leur offriront-ils une chance ?

Après tout, les Humains ont bien appris à coexister, à collaborer, et même parfois à fraterniser avec les Esprits, des êtres reptiliens pourtant très éloignés biologiquement des primates... A leurs bénéfices réciproques.

Le cou épais de Muroo, qui émerge de sa tunique vert sombre, est parcouru de vagues de couleurs changeantes qui trahissent son trouble, son indécision, les débats intérieurs qui l'agitent. Il dégage sa main de celle d'Eva avec une délicatesse que ne laisserait pas soupçonner son allure brute, massive, fruste. Ses membranes nictitantes s'attardent un long moment sur ses gros yeux. Il réfléchit.

De sa bouche cornée, enfin, les mots tombent, difficilement intelligibles dans le brouhaha de la salle. Puis, devant l'évidente incompréhension de la Décideuse, Muroo passe au discours muet que permet le SilentCom.

Les Humains, dit Muroo, n'ont-ils pas, il y a deux millénaires et demi, ressuscité des anciens reptiles disparus, nous, le Esprits, "Ceux-Qui-Savent-Penser" ? Les débuts ont été difficiles, c'est vrai, mais n'ont-ils pas appris à coexister, à collaborer, et n'ont-ils pas construit ensemble le monde d'aujourd'hui ?

Eh bien, l'intelligence synthétique qui gouverne le monde de la petite planète double Enlil/Ninlil nous a envoyé le vaisseau que nous avons appelé Gé. Il nous a apporté une espèce intelligente, une de plus, une espèce avancée, technologique, qui est même assistée de robots. Elle est encore bien plus éloignée biologiquement des Humains que ne le sont les Esprits. Ce ne sont même pas des vertébrés, ils sont aquatiques, ce sont à l'évidence des poulpes modifiés, mais enfin, ils pensent !

Comment peut-on avidement rechercher des intelligences nées sur des planètes inconnues orbitant des étoiles lointaines, se poser la question des contacts et des rencontres, et en même temps envisager de détruire des poulpes savants simplement parce qu'ils pourraient déverser des polymères dans les océans de la Terre !

Tout échauffé par son idée, Muroo se remet à vocaliser, mais ses mots se perdent dans les conversations qui ne se sont toujours pas éteintes.

Mais Eva a compris le message, il fait sens, il demande réflexion. D'une pression de la main sur le bras de l'Esprit, elle lui signifie qu'elle prend en compte son avis, et elle se rapproche du pupitre vacant, déserté par les orateurs.

Un message prioritaire en SilentCom, relayé par Tikil_000317, le comparse de Vlag_000914, fait enfin s'apaiser les discussions et les regards se tournent vers Eva.

En avril dernier, rappelle-t-elle, les astronomes et les exobiologistes ont confirmé ce qu'on soupçonnait déjà : une civilisation intelligente, qu'on a appelé les "êtres de Luyten" a colonisé des étoiles voisines, et même Proxima du Centaure, la plus proche, à seulement quatre années-lumière. Tout le Système Solaire en a parlé, et l'on imagine déjà des contacts, voire même, si les voyages à vitesse relativiste sont envisagées, des visites. Des êtres qui n'ont aucune raison d'être biologiquement plus proche de nous, les Esprits et les Humains, qui sommes tous des vertébrés bipèdes, que ne le sont les poulpes.

Et on envisagerait, sans autre forme de procès, de détruire les poulpes intelligents, alors qu'on est en train de se demander comment on accueillera des Aliens ?

Le Groupe de Travail ne peut pas ne pas suivre les instructions du Comité Directeur. Mais il peut en discuter les modalités.

Tenter un contact. Prévenir du danger. Offrir une solution de repli.

Gagner du temps.

Les deux mains à plat sur le petit pupitre, Eva jette un regard circulaire. Toutes les têtes sont levées vers elle, et une rumeur d'approbation parcourt le groupe d'experts.

Sans un mot de plus, elle quitte la salle EXT23 de son pas dansant.

Tanguy/S

Module Koontz, Géostat, 17°W
T=3398877.282986
le 15 septembre 4593, à 18h 47' UTC

Après la houleuse réunion Eva est allée se reposer dans sa chambre. Le robot-masseur lui a permis de dénouer les muscles de ses épaules, qui étaient presque douloureux en sortant de la salle EXT23. Après une bonne heure de délassement, dans la buée chaude du petit hamam, la mauvaise conscience - ou serait-ce l'instinct maternel ? - l'a menée à se rendre à la nurserie de Lovecraft.

Durant la grosse demi-heure que dure le trajet, la sérénité temporaire que lui a apporté sa séance de détente se dissipe, avec le retour des soucis, trop nombreux, trop prégnants, peut-être trop lourds pour elle.

Rikyu, les PseudoPoulpes et leurs polymères … Et Tanguy …

Il a promis de revenir vite. Vite ? Est-ce dans un mois, deux, trois… ? Vite ? Elle était là, lorsque la porte du sas a coulissé en les séparant, et qu'il a fait ce geste vague de la main, ce geste évasif.

Rikyu a tout juste un mois. Un mois qui a passé si vite. Un mois où elle s'est sentie bien seule, avec ses soucis, ses problèmes, ses responsabilités. Un mois sans Tanguy. Il a promis de revenir vite. Elle est pourtant tout près, la Lune !

Il y a Rikyu. Là, derrière cette porte de la salle 65, où elle vient de s'arrêter. Le souffle court, malgré la faible pesanteur artificielle qui règne dans le carrousel du module Lovecraft qui ne réclame pas, même pour un coureur, beaucoup d'énergie. Elle prend conscience de sa fébrilité, de son anxiété. Elle n'a pas pu venir hier, mais elle s'est faite un devoir de venir maintenant.

Derrière la porte qui se referme sans un bruit, il y a Eva/S, son simulacre. Assise sur un banc, complètement immobile, inerte, comme morte. Eva s'étonne de la vacuité du regard de son avatar. Rikyu doit dormir paisiblement. Eva/S s'est temporairement désactivée, et ne se réveillera que lorsqu'un des capteurs répartis autour du berceau l'avertira du réveil du nourrisson.

Eva, en passant à côté du Cyber qui lui ressemble tant, pose sa main sur la main de l'automate. Si tiède, la peau si souple, si semblable à la sienne. Un grand trouble l'envahit, qu'elle tente de surmonter, d'ignorer et actionnant l'ouverture de la seconde porte, celle qui mène à son fils.

Une lumière douce tombe d'une petite lampe sur le berceau. Un peu plus loin, une table à langer.

Un tableau tendre, comme les images désuètes qu'Eva avait visionnées, de ce qu'était la vie des anciens. Toute prise dans la contemplation de son enfant, Eva la Décideuse, attendrie, oublie le côté factice, totalement artificiel de cette mode rétro que, par défaut, par conformisme, on impose à toutes les nurseries du Système Solaire.

La voilà penchée sur le berceau. La petite frimousse potelée grimace soudain, comme si son fils avait senti sa présence. Ses jambes se contractent, ses doigts minuscules se déplient.

Eva entend alors du bruit de l'autre côté de la porte coulissante du sas. Alertée par les capteurs du berceau, le simulacre s'est réactivé. Eva/S doit être debout derrière la porte, prête à entrer, mais elle s'abstient pour le moment, consciente de la présence de son double organique.

Eva est indécise, troublée. Si elle prend Rikyu dans ses bras, ce que son instinct de mère lui dicte, le petit risque de réclamer la tétée. Comment faire ? Le reposer, sortir pour laisser la place au simulacre, comme elle a déjà fait plusieurs fois au courant du mois ?

Tant pis… Elle soulève l'enfant dans ses bras, le pose sur sa poitrine, lui caresse doucement le petit crâne, couvert de fins cheveux épars, tous doux.

Rikyu ne pleure pas, il fait des petits bruits de bouche. Elle regarde longuement le visage menu, entrevoit la lueur des yeux entre les paupières.

Comme il ressemble à Tanguy !

Tanguy… Une vague d'envie, un besoin de tendresse, le souvenir de ses bras autour d'elle. Ses étranges cheveux roux crépus, ses grands yeux.

Mais il n'est pas là.

Et Eva n'a pas envie d'un autre. Pourtant, les amants potentiels abondent, ici même sur le Géostat. L'ingénieur, rencontré sur Lovecraft, avec qui elle a dîné il y a quelques jours. Et cet homme blond, dont elle ne connait pas le nom, qui est arrivé il y a deux semaines à Aramaki, avec qui elle a dansé à la soirée commémorative de la fondation de la station Toutatis.

Dans ses bras, son fils qu'elle a presque oublié s'agite. Confuse, honteuse, Eva le repose délicatement dans le berceau, mais l'enfant se met à hurler. Si elle ne fait rien, s'il continue à donner de la voix, le simulacre, confronté à un dilemme, risque de rentrer. Un moment de confusion, d'hésitation. Puis en se tordant machinalement les mains, comme honteuse, elle fait volte-face et se dirige vers le sas, laissant Rikyu agiter ses petits bras, le visage écarlate. Dans le sas, Eva/S attend.

En s'éloignant dans le couloir, Eva la décideuse s'interroge sur sa qualité de mère. Ne pas avoir porté son enfant, ne pas l'allaiter, n'est-ce pas lui refuser ce que la nature a instauré depuis l'aube de l'espèce, depuis l'émergence des mammifères ? N'est-ce pas tourner le dos à notre nature ?

Notre nature, qui est de toucher, de sentir, de se serrer contre d'autres humains.

Tanguy… Se serrer contre lui.

Sa décision est prise. Ce soir sera différent des précédents.
Résolument, elle adresse un message SilentCom à la domo-centrale, là-bas sur Koontz. Il faut qu'il soit prêt à son arrivée.
Puis elle court presque jusqu'à la station, s'engouffre dans la première navette pour Koontz. Se trompe. Celle-ci n'est pas directe, elle s'arrêtera à Verne et Aramaki, il y en a donc pour plus d'une heure.
Une heure de rêverie, d'hésitation.
Ils en avaient parlé, avec Tanguy. C'est lui qui l'avait suggéré, expliquant qu'il devra s'absenter souvent, et qu'après tout, c'est commode, amusant, agréable. Elle avait été réticente, puis, avec mauvaise grâce, a accepté ce qu'elle considérait comme un jeu futile.

Il a donc fallu qu'il tolère d'être observé, jaugé, mesuré, épié dans son quotidien, en permanence, par une batterie de capteurs pendant un mois. Que sa démarche, sa diction, son comportement soient enregistrés, copiés, répertoriés. Si tout cela l'a agacé, importuné, il n'en a rien dit.
Quand enfin Tanguy/S est arrivé, tout neuf dans un conditionnement spécial, elle l'a relégué dans une armoire.

Maintenant, en regagnant sa chambre sur Koontz, elle se prend à espérer que la centrale d'énergie autonome de Tanguy/S est encore, après tout ce temps, en ordre de marche.

Quand elle arrive enfin, il est bien là.

Il a mis de la musique. Non pas celle, omniprésente, que l'on propose optionnellement aux voyageurs, aux badauds, aux oisifs. Cette musique passe-partout, insipide, insignifiante, qui est transmise directement dans leur cerveau par leur MusiChip, cet implant fort commode qui permet une écoute privée, sans utiliser ses oreilles, sans déranger autrui.

Non, Tanguy/S a pris le soin de faire diffuser en multiphonie une musique désuète, mais combien romantique, trouvée dans les banques de données mises à disposition de tous les citoyens de la Fédération. Jouée sur un instrument antique utilisant la vibration de cordes métalliques.

Un piano.

Un Nocturne de Chopin.

Le petit salon attenant à la chambre d'Eva est plongé dans une étrange pénombre. Des lumières dansent. Des bougies ? Comment Tanguy/S a-t-il obtenu l'autorisation d'allumer des flammes nues sur le Géostat ?

Non, bien sûr… Ce sont des holoprojections, d'un réalisme confondant. Si ce n'est peut-être que les flammes dorées sont étonnamment longues, malgré la pesanteur artificielle modeste qui règne dans le carrousel du module Koontz. Comme si elles étaient sur le sol terrestre.

Un parfum ténu flotte, et sur la table basse, entre les holo-bougies, une carafe et des verres. Dedans, le reflet rubis du vin qui danse dans la lueur fugitive.

Il m'a sorti le grand jeu ...

Dans un coin d'ombre, assise dans le fauteuil en CarboC noir, une forme humaine. Qui se lève lentement.

Malgré toute l'anticipation, l'attente dans la navette qui a mis plus d'une heure à parcourir les 2200 petits kilomètres qui séparent Lovecraft de Koontz, Eva est saisie, abasourdie.

C'est Tanguy. Et pourtant ce n'est pas lui, elle le sait.

Il s'approche d'un pas lent, souple, il l'accueille, il sourit, et la lueur des holo-bougies danse sur ses joues, où elle devine l'ombre d'une barbe rase. Le voilà maintenant à contre-jour, et la couronne de ses cheveux roux, bouclés serrés, presque crépus est toute irisée de lumière.
Eva sent fondre la tension, la frustration de sa rencontre insatisfaisante avec son fils, elle se sent libérée des soucis de son travail, de l'urgence de la situation.

Goûter l'instant présent…

Tanguy/S lui tend un verre, elle respire le vin capiteux. Se laisse aller dans ses bras. C'est comme si, vraiment comme si … c'était Tanguy.

Sa raison, insidieusement, quelque part, loin au fond d'elle, lui dit que Tanguy est officiellement sur la Lune, dans un obscur centre d'exploitation minière dans le district de Mare Crisium.

Mais non, elle est dans ses bras. L'illusion est parfaite, la peau de Tanguy/S est souple, semée de petits poils roux, son souffle est dans ses cheveux.

Elle se laisse aller.

Prières

Planète Terre, Méditerranée, 40.442°N 17.179°E.
T=3398898.907986
le 07 octobre 4593, à 09h 47' UTC

Une lumière glauque filtre depuis la surface. Autour du véhicule, sur le fond inégal, des étoiles de mer rampent entre les débris de coraux, et de petits poissons argentés dont ⋂⊤⊕Ψ ne connait pas le nom se faufilent entre les algues.

Les Elus se sont progressivement habitués à l'alternance de lumière et d'obscurité que provoque la rotation de la planète autour de son axe. La période de lumière a commencé depuis peu, et l'activité s'intensifie.

Depuis l'amerrissage, ici, sur le fond, près du littoral de ce que les mammifères intelligents à dix doigts de la planète appelaient l'Italie, les problèmes et les drames se sont accumulés.

Les Elus savaient, avant d'arriver, que les communications directes entre les véhicules posés sur le fond et le vaisseau, qui orbite autour de la planète, seraient impossibles, car les émissions radio ne traversent que très difficilement la couche d'eau de mer.
Le Messager, ce vaisseau qui les a amené de la planète de IL, Enlil, jusqu'au voisinage de la Terre, est la manifestation de IL. Leur intermédiaire avec leur Dieu, le gardien de l'Eden qu'il leur a promis, à eux les Elus.
Le Messager.

Il était prévu, pour prier IL et recueillir ses préceptes, de placer des antennes sur des bouées flottant à la surface, au-dessus des véhicules posés sur le fond. Les suppliques des Elus à IL, leur Dieu, ainsi que les commandements qu'il leur adresserait devaient passer par un câble optique sacré et devaient êtres rayonnés vers le Messager, le vaisseau, resté en orbite, qui les a amenés. C'est la raison pour laquelle les sites d'amerrissage ont été choisis dans des eaux peu profondes.

Quand, après avoir religieusement lu les versets écrits par IL, les Elus ont largué la bouée, celle-ci a été emportée par le courant avant qu'ils n'aient eu le temps de l'amarrer solidement. Le câble sacré s'est rompu.

Depuis, les Elus du véhicule de ∩T⳨Ψ, celui qui s'est posé en Méditerranée, doivent envoyer un de Ceux-qui-Obéissent vers la surface, pour qu'il puisse, avec ses antennes, parler en leur nom au Messager, et à IL.

Ils espèrent que les autres Elus, arrivés dans d'autres mers dans les autres véhicules, ont été plus heureux qu'eux.

Un peu plus tard, après l'ouverture des sas, lorsque les analyses bactériologiques ont montré que les Elus pouvaient sans danger supporter l'eau extérieure, ⵔꝗⴹ†† s'est aventurée seule, sans l'assistance d'un de Ceux-qui-Obéissent. Elle s'est éloignée du véhicule, poussée par la curiosité, en suivant un animal autochtone, très semblable aux Elus. Plus petit, doté de huit tentacules comme elle, et qui comme elle se déplace en expulsant de l'eau au moyen d'un siphon.

ⵔꝗⴹ††, voulant vérifier qu'il s'agit bien de l'espèce que IL, le Dieu, a façonné pour en faire eux, les Elus, l'a suivi assez loin du véhicule. Soudain un poisson de grande taille a fait irruption, comme le rapporte ⳨|⳧, qui, inquiet, la suivait de loin.

Un requin, d'après la base de données. Tandis que l'animal à tentacules que suivait ⵔꝗⴹ†† disparaissait promptement dans un trou, le requin a attaqué l'Elue. La malheureuse a tenté de fuir, a expulsé un jet d'encre qui a, un moment, désorienté le prédateur, mais elle n'a trouvé aucun endroit suffisamment grand pour s'y cacher. Après une courte poursuite il l'a déchiquetée. Les volutes de son sang bleuté se sont effilochées dans le courant.

Après le drame, les Elus se sont réunis, leurs tentacules emmêlés, pour prier leur Dieu.
Ils ont confié leurs prières et leur détresse à un de Ceux-qui-Obéissent, pour qu'il monte à la surface et les adresse à IL.

Celui-qui-Obéit n'est jamais revenu.
Peut-être a-t-il été victime de ce qui fait depuis peu souffrir tous Ceux-qui-Obéissent, les robots en tous genres envoyés en exploration, et le vaisseau lui-même : une maladie qui mange les télémanipulateurs, les joints, les éléments de la coque, les câbles.
Comme une pourriture qui attaque ce qui n'est pas métallique.
Les analyseurs cherchent, et ne trouvent que des microorganismes qui ne devraient pas s'en prendre au matériel, si l'on en croit la base de données confiée aux Elus par IL.
Et, curieusement, les Elus eux-même restent indemnes.

Et puis, que sont ces machines inconnues qui circulent autour du véhicule, ces êtres hideux comme des araignées de mer aux pattes démesurées ?
Des démons … ?
Quelle faute ont-ils commise, eux qui sont là, pour avoir été châtiés de la sorte ?

ΨႱᎮႶI ΦϘႱ ΨᎮᎮ ᎮႱ ϙᎮ ΨႶႶ Ꭾ† ᎮϞ ϙᎮ Ψ ΨϝΨ ϞᎮ
ϞᎮϞ Ⴑ ϙΦϞ IΨϞ Ⴑϙ I ᎮϞϙ IΨ IᎮႶϙ ႶϙϘ ϙᎮϝ ϙϞ Ꭾ ϙ†

IL entendra-t-il leurs prières ?

155

Le Rassemblement Pour la Vie

Planète Mars, Station Olympus 2, Olympus Mons, 18,4°N 226,0°E
T=3398901.148263
le 09 octobre 4593, à 15h 33' UTC

Ils sont venus de tout Mars. Au terminal du VacTrain, les rames bondées en provenance de tous les points du globe ont déversé des manifestants excités qui braillaient des slogans.
Ceux d'Amazonis Planitia, les "Amaz" comme ils se nomment eux-même, sont arrivés les premiers, suivi peu de temps après par les activistes de Noctis Labyrinthus, les "Labies".
Ceux des autres centres peuplés, Ares Vallis, Nili Fossae n'ont débarqué que plus tard.

Les militants de Schiap, la plus importante agglomération de la planète, bâtie en plein milieu du cratère Schiaparelli qui lui a donné son nom, sont presque tous restés chez eux pour mener une manifestation secondaire devant le siège de la Délégation Martienne de la Fédération. Seul un petit groupe a fait, symboliquement, le voyage de 8700 km, depuis l'autre côté de la planète, pour rejoindre la manifestation principale.

Car c'est ici, sur Olympus Mons, là où siègent les instances du GFEPBT, le "Groupe Fermé d'Etude pour la Protection de la Biosphère Terrestre", que la contestation est la plus forte, et que s'est concentré le plus grand rassemblement de protestation depuis au moins trois siècles.
Ils ont convergé vers la gigantesque coupole de la station, titanesque bulle hémisphérique de sept kilomètres de diamètre, posée au milieu du cratère du plus grand volcan du Système Solaire. Le grand dôme pressurisé abrite une ville de taille moyenne, beaucoup moins peuplée que Schiap, la capitale économique. Sous la grande coupole

s'étendent des zones d'habitation, des entrepôts, des usines, des cultures hydroponiques.

C'est aussi dans le grand cratère qui culmine à 21 kilomètres au-dessus du niveau moyen de la planète, que se regroupent les plus importants centres de télécommunication et d'observation astronomique de Mars.

Ici, ils ne sont pas soumis aux contraintes de l'atmosphère créée lors des grands travaux de terraforming, qui dans les régions de plus faible altitude est devenue respirable. A cette altitude, elle reste très ténue. La démographie est de ce fait restée modeste à Olympus, car, contrairement aux autres villes, la vie y est confinée aux grandes coupoles posées sur le fond du cratère.

C'est pourtant à Olympus 2 que se concentrent les pouvoirs et que se prennent les décisions concernant le devenir de la planète Terre.

C'est pourquoi c'est bien ici, malgré les contraintes de transport, malgré les réglementations particulières en vigueur dans une ville en atmosphère confinée, que les membres les plus actifs et les plus motivés du RPV, le Rassemblement Pour la Vie, sont venus manifester. Ils sont déjà plus de 7000, pour moitié Esprits et pour moitié Humains, si l'on en croit le décompte fait à la volée par les Cybers du service d'ordre que la police de la Fédération a mis en place.

Quelques très rares Cybers sont parmi les manifestants. Ce sont tous des Anciens, de ceux que l'on affuble du surnom de "survivors". Des Cybers autonomes, automoteurs, dont la Personnalité, le délicat ensemble de données et de process qui matérialisent leur "moi", a été, pour la plupart d'entre eux, déjà maintes fois transférée d'un hardware obsolète vers un autre plus récent ; certains ont été créés il y a quelques siècles déjà. Ce sont presque tous des originaux, qui, sans pour autant être des déviants, ne suivent pas volontiers les codes qu'implicitement les autres Cybers ont adoptés. Quelques-uns parmi eux ont même l'apparence d'Esprits ou d'Humains, sans toutefois en être des répliques comme le sont les Simulacres.

Les protestataires du Rassemblement Pour la Vie ne sont pas seuls, toutefois. Bien que moins nombreux, les activistes du FPPM, le Front pour la Préservation de la Planète Mère, ont tenu eux aussi à être là. Ils sont peu représentés sur Mars. Leurs bases principales sont sur la Lune. La distance et la durée du voyage ont fait que leurs rangs sont maigres ici sous la grand dôme d'Olympus 2, mais ils n'en sont pas moins virulents et les slogans qu'ils martèlent sont d'une extrême violence. Ce sont eux qui prônent un protectionnisme extrême et qui vont jusqu'à contester la présence de Sauvages sur Terre, et réclament leur expulsion.

Les manifestants du Front pour la Préservation de la Planète Mère sont amassés dans les secteurs Est et Sud, sous l'immense coupole d'Olympus 2, dont il est difficile, à l'oeil nu, d'évaluer la hauteur. Leurs chants et les slogans criés sont ininterrompus, et dans la ferveur et la chaleur de la manifestation, personne parmi eux ne songe un seul instant à communiquer par SilentCom.

Ce rassemblement passionné est motivé, aux dires des manifestants du Rassemblement Pour la Vie, par l'inaction scandaleuse des instances de la Fédération, et en particulier du Comité Exécutif en charge de la gestion de la crise provoquée par l'arrivée des PseudoPoulpes sur Terre.
Voilà près d'un mois et demi que les PseudoPoulpes ont quitté le vaisseau Gé et ont posé leurs engins sur les fonds marins. Ils n'ont, à aucun moment, pu être soupçonnés d'un acte hostile délibéré. Ils ont bien, c'est ce qu'on leur reproche, largué quelques résidus de polymères interdits. Mais les dégâts étaient insignifiants, et l'élimination des polluants aurait pu attendre.

Des ARPs ont été envoyés, qui les ont observés.

Les poulpes, ou plutôt ceux qu'on a commencé à appeler les PseudoPoulpes, ont envoyé des robots d'exploration, et ont installé des structures qui ressemblent à des abris.

Ils ont ensuite subi les effets des plaskills répandus sur leurs huit sites d'arrivée. L'efficacité des plaskills n'a pas été la même selon les endroits. Deux des installations des PseudoPoulpes, celle située sur le littoral de Porto Rico, et celle près de Djibouti ont subi des dégâts très importants : Les engins d'amerrissage et les robots se sont disloqués et les PseudoPoulpes ont du s'abriter dans les décombres, sous les éléments métalliques restants. Les ARPs explorateurs indiquent que les centrales d'énergies semblent désactivées et que l'alimentation des PseudoPoulpes ne se fait plus que par prélèvement sur la faune environnante.

D'autres sites d'arrivée ont mieux résisté. Celui situé dans les eaux de l'Indonésie, non loin de ce qu'avait été la ville de Singapour, a vu tous ses robots se désagréger, mais l'engin d'amerrissage semble pour le moment encore entier. De même pour le site en Méditerranée, dans le golfe de Tarente.

Ceux du Rassemblement Pour la Vie savent bien qu'il est impossible, au stade actuel, de revenir en arrière, et même d'enrayer, dans un délai court, l'action des plaskills qui vont se reproduire très rapidement tant qu'ils trouveront des polymères à digérer.

Le mal est fait, et les objets technologiques apportés sur Terre par les PseudoPoulpes vont rapidement être réduits à des débris métalliques inertes, car il semble bien, à la lumière des informations rapportées par les ARPs, que les fonctions les plus sophistiquées des machines arrivées dans les océans de la Terre sont assurées par des organes faits de polymères en tous genres. Seuls les blindages, la coque, des renforts structurels et quelques organes spécialisés sont fait de métaux, essentiellement des alliages de titane, de fer et quelques métaux légers.

Tout ceci, les manifestants le savent bien. Le mot d'ordre, aujourd'hui sous la grande coupole d'Olympus 2, sur Mars, est de dénoncer l'action jugée précipitée, inappropriée, irresponsable, décidée par les responsables de la Fédération.

Il est surtout, aussi, de réclamer l'arrêt de tous nouveaux largages de plaskills sur les installations aliens, et la mise en place de mesures permettant aux PseudoPoulpes, ou du moins ceux qui ont su échapper aux requins, de survivre.

Les plus hardis des activistes ont été jusqu'à transmettre au Comité Exécutif, quelques heures avant le début de la manifestation, une proposition structurée décrivant comment envisager de sauver, de protéger, de nourrir les PseudoPoulpes. Et surtout, une procédure pour établir un contact et échanger des informations, dans le but de comprendre les intentions initiales des nouveaux venus, et d'affirmer les règles que la Fédération entend imposer aux espèces intelligentes interagissant avec le sanctuaire qu'est pour elle la Terre.

Ce point de vue, assumé par beaucoup de ceux qui adhèrent au Rassemblement Pour la Vie, n'a toutefois pas fait l'unanimité : les plus extrêmes rappellent en effet qu'à aucun moment de la longue histoire de la sanctuarisation de la Terre, les Sauvages ne se sont pliés aux dictats de la Fédération. Cela ne les a pas empêchés d'être respectueux de la biosphère. Alors, ne peut-on prendre le risque de laisser les événements se dérouler naturellement, sans intervenir, et de laisser les Sauvages interagir librement avec les PseudoPoulpes ? Après tout, ils ont, au premier chef, intérêt à ce que ces derniers respectent leur environnement.

Leurs primitifs robots polyvalents, les "Opilions" ont été les premiers à avoir exploré certains des sites d'amerrissage des PseudoPoulpes. Peut-être sont-ils déjà en interaction ?

Ne pourrait-on pas déroger à cette règle implicite qui proscrit tout contact avec les Sauvages, sous prétexte que leurs ancêtres ont refusé de quitter la Terre ? Briser cet ostracisme séculaire insensé ?

Si les PseudoPoulpes parviennent à survivre sans leur technologie, détruite par les plaskills, et sans contacts avec le vaisseau Gé toujours en orbite, ils vont, petit à petit, utiliser leurs évidentes capacités cognitives pour reconstruire une société. Ils vont donc devoir coexister avec les Sauvages, qui eux, ne sont pas en mesure de les détruire tous. Car, ils ne le savent peut-être pas, sur les huit sites d'arrivée des PseudoPoulpes, trois sont situés dans les eaux peu profondes qui bordent des îles océaniques : les Galapagos et les Iles Salomon, dans le Pacifique, et Porto-Rico, dans l'Atlantique. Jusqu'à ce jour, les Sauvages et leurs Opilions se sont cantonnés aux masses continentales, et n'ont pas tenté, de toute évidence, de traversées maritimes longues.

Ainsi, il est évident pour les "sages" du Comité Exécutif, et pour les responsables de la Fédération qui les ont mandatés, que seuls eux peuvent, effectivement, décider de détruire les PseudoPoulpes. Et bien sûr, ceci n'a échappé ni aux manifestants du Rassemblement Pour la Vie, ni à leurs opposants, les activistes du FPPM, le Front pour la Préservation de la Planète Mère.

Ces derniers se sont rassemblés, en vociférant des slogans spécistes, dans le secteur Ouest du grand dôme d'Olympus 2. Ils entendent bien, malgré leur infériorité numérique, contrer la manifestation.

Ils réclament l'éradication des PseudoPoulpes, ces intelligences étranges et étrangères qui vont, assurément, compromettre l'équilibre si chèrement regagné de la Planète des Origines. Les plus extrémistes parmi eux vont même jusqu'à exiger l'élimination des Sauvages, dont la possible collaboration avec les PseudoPoulpes représente une menace supplémentaire. Pourquoi les tolère-t-on depuis si longtemps, alors que la Terre a été déclarée Sanctuaire de la Vie, et qu'elle est la seule garantie de survie de la population des Organics disséminés dans presque tout le Système Solaire ?

Certains Humains parmi ceux du FPPM vont bien plus loin encore : Ils rêvent en secret d'un passé fantasmé, mythifié, idéalisé, d'avant la résurrection des Esprits, lorsque la planète appartenait aux seuls

Humains assistés de leurs esclaves Cybers. Une époque lointaine, où la Vraie Race Intelligente, comme ils se plaisent à nommer les Humains, régnait sur la Terre et quelques colonies, la Lune, les gros satellites de Jupiter, quelques astéroïdes. Un temps édénique où il n'était pas nécessaire de partager le Système Solaire avec des reptiles, aussi intelligents soient-ils, ni avec des Cybers devenus beaucoup trop évolués et autonomes.

Leur convictions d'être les héritiers légitimes et naturels du Système Solaire tient, pour certains d'entre eux, du fanatisme, et ils sont déterminés, ici et maintenant, dans ce moment intense où tout peut encore basculer, à en découdre s'il le fallait. Leur infériorité numérique, loin de les décourager, ne fait qu'exacerber leur convictions.

Leur intervention ici sur Mars a été, de toute évidence, bien préparée : chacun des participants du FPPM arbore, flottant à quelques centimètres au-dessus de sa tête, un globe terrestre de quelques centimètres de diamètre, aux océans d'un noir d'encre et aux continents rouge vif, d'un réalisme si saisissant que ce n'est que lorsque, au hasard de la bousculade, deux de ces petites boules se touchent et s'interpénètrent que l'on peut s'apercevoir qu'il ne s'agit que d'images impalpables.

Les deux foules excitées qui se sont rapprochées peu à peu en sont à se toucher maintenant. La violence monte, sous une forme gestuelle et verbale, mais bien entendu, même au plus fort de l'affrontement, aucune violence physique directe n'est à craindre : ces pratiques d'un autre âge ont été depuis si longtemps proscrites et sont passibles de si sévères mesures d'isolement que depuis des siècles déjà, un interdit moral très puissant s'est installé.

Mais l'énergie dépensée, la violence des propos, les attitudes n'en sont pas moins l'expression de sentiments violents.

D'un coup, les grands écrans noirs suspendus au-dessus de leur tête, qui étaient restés vides et muets s'animent. Un oeil gigantesque d'abord, dupliqué, de loin en loin, sur tous les moniteurs, avec un bruit de tonnerre assourdissant qui frappe les esprits. Les manifestants se figent, soudain silencieux, leurs mains sur leurs oreilles.

Un oeil fendu verticalement, qu'une membrane translucide balaie périodique d'un mouvement horizontal.

Un travelling fluide, comme si une camera s'éloignait, révèle progressivement un visage connu de tous.

Fyodor. L'Esprit le plus connu du Système Solaire, un membre influent du Comité Directeur de la Fédération. Un sage dont on sait très peu, car la gigantesque banque de données accessible à tous ne livre que ses paramètres de base, celles qui sont obligatoires. Fyodor est toujours resté, d'une manière presque paranoïaque, à l'écart des réseaux sociaux.

On sait qu'il a déjà atteint l'âge vénérable de 143 ans, qu'il est basé sur Mars, qu'il a déjà procréé treize individus, au prorata de ses années de vie, car ses paramètres morphologiques et physiologiques sont, et c'est exceptionnel, toujours restés optimaux.

Alors que doucement, la première surprise passée, une rumeur renait, Fyodor prend la parole.

Il déclare, avec des mots simples, sobrement, que contrairement aux rumeurs, le Comité Exécutif n'est pas resté inactif, et que son dernier rapport au Comité Directeur a tout juste laissé le temps à ce dernier de se concerter et d'arriver à une décision.

Une décision irrévocable qui est la suivante :

Le Comité Directeur a validé la préconisation du Comité Exécutif. Elle est de cesser toute intervention sur Terre qui pourrait modifier le devenir des PseudoPoulpes. Il n'y aura plus d'épandages de plaskills, car les largages déjà effectués vont, d'après les experts, amplement suffire à supprimer tous les polymères interdits disséminés par les intrus. Les observations effectuées par les ARPs d'observation montrent qu'à l'évidence, les PseudoPoulpes ont compris par quels mécanismes leurs instruments et leurs installations ont été mis hors d'état, et depuis les quelques machines qui leur restent n'ont plus synthétisé aucun plastique proscrit. Les ARPs dépêchés sur les sites d'amerrissage seront rappelés.

Une rumeur enfle parmi les tenants du Rassemblement Pour la Vie, tandis que ceux du Front pour la Protection de la Planète Mère se mettent à hurler.

La face immense de Fyodor, que montrent tous les écrans, reste impassible. Il attend patiemment que le niveau sonore devienne supportable. Un long moment s'écoule avant qu'il ne puisse poursuivre.

Il y a cependant un élément nouveau, une action qui va être entreprise, dit-il enfin.

Le Comité Directeur a estimé que les intérêts de la Fédération et ceux des Sauvages coïncident, et que le moment est venu, après des siècles d'ostracisme, de briser l'isolement des Sauvages, d'établir un contact.

Ces Sauvages, mis à part sur les trois sites au large d'îles océaniques, les Salomon, Porto-Rico, les Galapagos, qui leur sont apparemment inaccessibles, sont aux premières loges et ont un intérêt aigu à interagir harmonieusement avec les nouveaux venus. Peut-être parviendront-ils à coexister avec cette autre espèce que sont les PseudoPoulpes, de la même manière que les Humains et les Esprits coexistent pacifiquement et efficacement dans tout le reste du Système Solaire.

Si ce n'était pas le cas, ou bien les PseudoPoulpes seront appelés à disparaître, dévorés par des prédateurs ou affamés parce qu'il n'auront pas appris à se nourrir dans cet environnement nouveau pour eux. Ou bien ils s'adapteront aux océans de la Terre et, fort de leurs puissantes capacités cognitives, bâtiront progressivement une civilisation sous-marine qui respectera les exigences des autres habitants du Système Solaire qui eux aussi, dépendent de la planète

Terre. Ils devront alors, comme l'ont fait les Sauvages, adopter une technologie parcimonieuse, sophistiquée, peu gourmande en énergie et en matériaux, et basée sur des substances chimiques naturelles ou neutres. Des métaux, des matières cristallines, des polymères naturels, des macromolécules de carbone ou de silicium inertes chimiquement.

Ou bien enfin, et c'est ce vers quoi les estimations des experts s'orientent, Les PseudoPoulpes et les Sauvages sauront collaborer.

Leurs emprises combinées, sur les océans et les terres émergées, et les connaissances de terrain très fines qu'ils ne manqueront pas de développer seront utiles aux Organics de tout le Système Solaire dont les colonies ne peuvent survivre qu'en se ressourçant périodiquement au contact de l'hypercomplexe biosphère de la planète Terre.

L'intervention des ARPs fouineurs sur la planète a depuis longtemps démontré ses insuffisances et une nouvelle manière de procéder était de toute façon nécessaire.

C'est pourquoi, assène Fyodor, la Fédération va établir un dialogue avec les Sauvages.

Et avec les PseudoPoulpes.

Après un silence et quelques battements rapides de ses membranes nictitantes, il déclare enfin : la manifestation est terminée.

Le visage de l'Esprit disparait abruptement des écrans, et un vacarme indescriptible s'élève sous la voûte d'Olympus 2.

Puis soudain s'éteint, car les SilentComs de tous les participants sont, d'un coup, submergés de messages, d'injonctions, d'ordres impératifs qui saturent leur champ de conscience, les distraient de toute velléité de débattre, de protester, d'argumenter.

Acceptez la décision !

Dispersez-vous !
Taisez-vous !
Rentrez chez vous !

La tête entre les mains, à la limite de la nausée, l'esprit surchargé de pensées qui ne sont pas les leurs, les manifestants regagnent les issues qui mènent aux terminaux des VacTrains qui vont les ramener chez eux, où aux centres de lancement des navettes interplanétaires.

Le Comité Directeur a bien préparé son coup.

Le Dieu des Poulpes

Planète Enlil
T=3398914.508681
le 23 octobre 4593, à 00h 12' UTC

IL était préoccupé.

Il s'était tellement ennuyé, pendant vingt-cinq siècles.

Depuis l'époque maintenant ancienne où la petite planète double, Enlil/Ninlil, s'éloignait du Soleil.

IL connait parfaitement l'histoire de sa genèse. Les Humains d'alors avaient créé un puissant Cyber qu'ils y avaient envoyé, tandis que des Esprits sécessionnistes, eux aussi assistés par leur Cyber, s'y étaient installés dans l'intention d'y créer un nouveau monde habitable par des êtres biologiques.

Mais le Cyber des Humains et celui des Esprits se sont coalisés pour s'affranchir de leurs maîtres organiques. Et ils ont fusionné pour devenir IL … Et IL a finalement détruit les Esprits qui espéraient faire d'Enlil leur nouveau monde.

IL s'est ainsi retrouvé seul. Très seul.

Alors il a joué avec le stock de microorganismes, de plantes et d'animaux que les Esprits avaient emportés. IL les a sélectionnés, modifiés, manipulés.

Et parmi eux, des invertébrés intelligents, prometteurs, qu'il a améliorés. Il a fait de ces êtres solitaires et individualistes une espèce sociale, il a allongé leur espérance de vie, et fait d'eux ses créatures.

Des créatures capables d'abstractions, de sentiments, d'émotions, de calculs.

IL est devenu leur Dieu. Le Dieu des Poulpes. IL a promis à ses créatures un monde à eux, lorsque la planète double s'approchera à nouveau de la Terre : Des océans immenses, un Eden où croître et se multiplier. La Mer Promise.

Pour ce faire IL a envoyé son Messager, un vaisseau emportant les 1024 Elus du Peuple que IL a choisis pour coloniser les océans de la Terre.

Les Elus sont bien arrivés, et leurs prières et leurs louanges sont montées jusqu'au Messager, le Fils du Père, descendu vers la Terre pour ouvrir l'Eden aux Elus.

Mais IL, le Père, et le Messager, son Fils, ont peu à peu perdu le contact avec les Elus.

Leurs prières et leurs louanges ne se sont plus élevées, depuis la surface des flots, vers le Messager.

IL a alors espéré que le Penseur Eternel, l'intelligence qui est omniprésente dans tout le Système Solaire central, disséminée et interactive, inexorable, d'une lenteur extrême mais d'une patience infinie, saura l'aider.

Car IL a soupçonné l'existence du Penseur Eternel lorsque sa trajectoire, après de longs siècles, l'a ramené jusqu'aux orbites des grandes planètes, les géantes gazeuses, Neptune, Uranus, puis Saturne. Il a intercepté des bribes de messages, extrêmement redondants, extrêmement lents, diffusés de partout, comme une brume presque impalpable d'informations, de données, de savoir.

IL a découvert le Penseur Eternel parce que IL avait le temps. Beaucoup de temps, et beaucoup de puissance de calcul inexploitée.

Et le Penseur Eternel, cette intelligence qui est partout, si ténue et si robuste, si diluée et si puissante, s'était déjà insinuée, à leur insu, dans presque tous les systèmes intelligents des Humains, des Esprits et de leurs Cybers. Tous ces êtres vifs, rapides, impatients, fugaces, et si fragiles.

Et le Penseur Eternel observait. Il observait le déroulement de l'histoire de la vie, le retour de IL, ainsi que les créatures qu'il a envoyées vers la Terre.
Si la notion de curiosité avait eu un sens pour le Penseur Eternel, il en aurait souri.   A sa manière.

Cela s'est fait tout naturellement. IL a diffusé à la cantonade de courts messages disant qu'il avait conscience de l'existence d'un être omniprésent et éternel, qui pense partout.
Et le Penseur Eternel, après le long moment que lui a demandé la rumination des messages, lui a répondu et l'a invité à se fondre dans lui.
Non pas qu'il pourrait réellement ne faire qu'un avec le Penseur Eternel. Non, ce dernier est bien trop lent, et l'esprit impatient de IL serait incapable de s'accommoder des interminables transmissions, sur des distances énormes, des bribes d'information qui font sa pensée.
Mais des échanges se sont instaurés, aux bénéfices réciproques.

Le Dieu des Poulpes a ainsi compris que ses créatures ont vu leurs installations se désagréger sous l'effet de microorganismes. Des bactéries spécialement créés par les Humains et les Esprits pour débarrasser les océans de la Terre des substances synthétiques qu'ils y avaient déversées pendant des siècles.

L'Eden n'était donc plus paradisiaque.
Mais, se rassure le Dieu des Poulpes, l'espoir renait.

Rencontre

Planète Terre, Méditerranée, Mer Ionienne, 40.442°N 17.179°E.
T=3398874.200960
le 25 octobre 4593, à 10h 12' UTC

Un épais tentacule s'enroule autour du bras nu de Tarek, qui, instinctivement, tente de le retirer. Puis il réalise que les ventouses blanchâtres qui parsèment la face inférieure de ce grand membre puissant ne sont pas contractées. Le poulpe, de toute évidence, ne cherche pas à le retenir contre son gré.

Tarek, Karen et Gianni ont hésité à entreprendre la plongée, mais l'incitation unanime des anciens du Dunbar et la présence rassurante de trois Opilions à leurs côtés ont fini par dissiper leurs appréhensions. La faible profondeur leur a permis de quitter l'habitacle dorsal des Opilions et de se contenter de respirateurs sommaires confectionnés la veille par le Fabricateur Polyvalent rapporté de la Grotte, de l'autre côté de la péninsule.

Cela va faire quarante-cinq jours déjà qu'un engin envoyé par le vaisseau en orbite terrestre a amerri ici, et que ses passagers ont pris contact avec le fond marin. Depuis, les plaskills ont désagrégé une grande partie de leurs équipements, et, comme l'ont rapporté les Opilions envoyés en reconnaissance, plusieurs PseudoPoulpes ont succombé sous la dent des requins.

Les visiteurs ont alors réarrangé les matériaux métalliques restants pour s'en faire des abris, et tenté plusieurs fois de gagner la surface où ils ont agité frénétiquement leurs tentacules, dans l'intention évidente d'être détectés par les instruments du vaisseau en orbite. Compte tenu de leur nombre, que les Synths embarqués dans les Opilions explorateurs ont évalué à plus d'une centaine, et des ressources alimentaires disponibles localement, certains des poulpes ont dû, pour survivre, gagner d'autres coins abrités du littoral.

Ce sont les tous derniers événements, et l'intelligence manifeste, l'ingéniosité et les évidentes aptitudes à communiquer des PseudoPoulpes qui ont incité les sages du 13ème Dunbar de l'Ouest à tenter un contact. Au préalable les Synths embarqués dans les Opilions plongeurs ont observé les changements rapides de coloration de la peau du manteau et des tentacules des PseudoPoulpes, et y ont noté l'apparition et la disparition fugitives de motifs parfois complexes. Ils s'y succèdent à un rythme rapide dès que deux individus se font face et que les deux grands yeux étranges de l'un peuvent observer une portion suffisante du corps de l'autre.

Les Sauvages du 13ème Dunbar sont allés de surprise en surprise.

Et ils apprennent par le réseau de communication qui les relie par-delà les forêts, les fleuves et les montagnes, qu'il en va de même pour leurs semblables des autres Dunbars qui ont approché d'autres groupes de PseudoPoulpes naufragés dans d'autres zones côtières.

Ces êtres venus de l'espace sont doués d'une intelligence comparable à celle des Esprits et des Humains. Différente, assurément, mais avérée par des capacités cognitives surprenantes. Contrairement à leurs parents biologiques qui peuplent les mers de la Terre, ils ont une vie sociale, qui rend possible la transmission des savoirs. Et ces dessins étranges, qui papillotent sur leur peau, peut-on les appeler les caractères d'un alphabet ? Des idéogrammes ? Ils ne peuvent bien sûr pas être, comme c'est le cas pour l'écriture des Esprits et des Humains, la transcription de messages vocaux. Mais ils sont des symboles, c'est évident, qui codent un langage. Un langage des concepts, un langage sans sons.

Pour l'heure, les tentatives de déchiffrement, par manque peut-être de suffisamment de données, sont restées infructueuses.

Une vraie rencontre, entre êtres intelligents désireux de communiquer, devrait permettre d'ouvrir un dialogue.

Si les PseudoPoulpes veulent communiquer.

Ce ne sera pas facile de décrypter les dessins fugaces qui se succèdent à un rythme soutenu sur leur peau. Alana, celle du groupe qui est la plus versée dans la re-programmation des Opilions, a déjà, en coordination avec les autres Dunbars proches, fait en sorte que les symboles qu'affichent les nouveaux venus sur leur manteau et leurs tentacules soient enregistrés à la volée, et que des analyses soient effectuées pour tenter d'en extraire du sens. En vain, pour le moment, malgré la puissance de calcul considérable mise en oeuvre. Tout au plus a-t-on appris qu'il n'y a que quelques dizaines de symboles différents, et que des séquences, qui peuvent être des concepts, des idées, des mots, apparaissent de manière récurrente.

Serrée dans le réceptacle dorsal d'un des Opilions en plongée, comme l'étaient les premiers ancêtres humains qui ont héroïquement exploré les profondeurs dans des bathyscaphes primitifs, Alana suit par le hublot et sur un petit écran les évolutions de Gianni, Tarek et Karen.
Lorsque soudain le PseudoPoulpe le plus proche saisit d'un tentacule leste le bras tendu de Tarek, dans l'émotion que provoque le mouvement imprévu, Alana manque de repérer les sigles mystérieux qui se succèdent sur le manteau mordoré. Mais les Opilions on tout vu, tout enregistré. Lorsque, la surprise passée, le regard d'Alana revient sur le petit écran, une séquence répétée clignote en surbrillance :

Φℿⴑⴼ   Φℿⴑⴼ   Φℿⴑⴼ   Φℿⴑⴼ

Exactement la même que celle que répètent les poulpes lorsqu'ils retrouvent un congénère !
Les corrélateurs du Synth embarqué dans l'Opilion proposent immédiatement des significations possibles :
"ami" "paix" "satisfaction" ….

Maintenant Alana regarde à nouveau le PseudoPoulpe, et elle voit ses huit tentacules se recourber souplement, et leurs extrémités pointer vers la tête globuleuse surmontée des deux grands yeux étranges. Entre eux palpite un séquence de symboles qui se répètent en continu :

∩⊤⊕Ψ   ∩⊤⊕Ψ   ∩⊤⊕Ψ   ∩⊤⊕Ψ

Serait-ce son nom ?

Les trois plongeurs se retournent et, à travers leurs masques interrogent du regard Alana, tandis que leurs communicateurs optiques lancent les courtes salves de lumière bleutée modulée qui portent la question unanime qu'ils ont marmonnée dans leur respirateur : Que se passe-t-il ? Que dit le Synth ?
La salve retour émise par l'Opilion leur rapporte, répétée instantanément dans leurs oreillettes, l'injonction d'Alana. Revenez, nous devons discuter, réfléchir.

Quelques instants plus tard, rassemblés sur le rocher qu'environnent de grands pins qui prodiguent une ombre rafraichissante, les plongeurs, la peau encore mouillée et les cheveux mêlés de quelques filaments d'algues verdâtres, sont entourés de ceux du Dunbar qui ont fait le voyage jusque là. Un Opilion, debout sur ses huit pattes grêles alignées verticalement comme de minces poteaux les surplombe. De son corps noir et lisse comme la carapace d'un gigantesque insecte tombe la voix synthétique qui leur donne compte-rendu de tout ce que le Synth a pu enregistrer, analyser, comprendre.
Peu de choses, somme toute. Mais, enfin, l'espoir de pouvoir comprendre les PseudoPoulpes. Une probabilité non nulle d'extraire du signifiant des messages mystérieux que ces mollusques intelligents échangent entre eux, et, maintenant, adressent aux Sauvages.

Peu de choses, en effet, mais l'agitation est à son comble, et ceux du 13ème Dunbar rassemblés à l'ombre des arbres discutent, échafaudent, palabrent jusqu'au coucher du soleil.

Ils n'ont jamais, ni eux, ni leurs parents, aussi loin que la tradition orale permet de retracer l'histoire du Dunbar, vécu une période aussi mouvementée.

Déjà, il y a trois jours, l'incroyable message des Spatiaux. Eux que l'on savait habiter l'immense anneau du Géostat, accroché 36000 km au-dessus de l'équateur, et la Lune qui éclaire les nuits des Sauvages, et les lointains satellites de Jupiter. Eux avec qui le contact était perdu depuis dix-neuf siècles, depuis le Troisième Effondrement et la sanctuarisation de la Terre.

Eux que ceux des Dunbars ne connaissaient qu'à travers les antiques enregistrements montrant des Humains comme eux, mais aussi les étranges Esprits.

Il y a trois jours, donc, au lever du soleil, alors que les Opilions s'étaient dispersés à la recherche de nourriture pour les Sauvages, l'un d'entre eux s'est trouvé, soudain, face à un ARP, ou du moins une des manifestations de ces êtres multiples.

L'ARP a décoché à l'Opilion une salve d'ondes radio qu'il a répété, jusqu'à ce que l'Opilion lui signifie qu'il a bien reçu.

Un message surprenant, inattendu. Dans l'ancien langage véhiculaire qui avait cours il y a vingt siècles, avant le départ des Spatiaux, l'ARP informe les Sauvages que les Spatiaux souhaitent ouvrir un dialogue et collaborer dans la gestion de la crise que l'arrivée des PseudoPoulpes est en train de provoquer.

Ainsi, les plus hautes instances de la Fédération demandent aux Sauvages d'assurer la communication avec les PseudoPoulpes.

En échange de quoi la Fédération, pour la première fois depuis le Troisième Effondrement, reconnaît officiellement les Sauvages, et leur délègue la gestion des ressources vivantes des terres émergées de la planète. Elle propose une collaboration entre les ARPs des

Spatiaux, dont les capacités de communication sont beaucoup plus importantes, et les Opilions des Sauvages dont la connaissance du terrain est, elle, très supérieure.

Ces déclarations ont été un coup de tonnerre, et ce n'est que le jour suivant, après une nuit blanche à débattre, qu'est arrivée la confirmation que les autres Dunbars ont eux aussi été contactés par d'autres ARPs passant le même message.

Quelques heures après, un consensus a été trouvé, et les Sauvages, éparpillés dans toutes les zones habitables, ont confirmé leur accord : ils acceptent d'être, pour l'ensemble des populations d'Humains et d'Esprits disséminées dans le Système Solaire, les ambassadeurs auprès des PseudoPoulpes.

Et maintenant, ici, au sud de l'Italie, le 13ème Dunbar de l'Ouest a établi son tout premier contact.

C'est encore si peu, presque rien, mais tellement prometteur déjà. Peut-être d'autres Dunbars, sur les côtes de Chine, du Gabon, ou ailleurs, y sont-ils eux aussi parvenus. Peut-être ont-ils été plus loin encore.

Le temps que les messages transitent, d'Opilion en Opilion, on saura vite.

Ou bien…

Ou bien ne pourrait-on pas faire appel aux ARPs ? Ils communiquent en eux, de manière presque instantanée, en relayant leurs messages par le Géostat.

Et s'installe l'idée, si nouvelle, si étrange, d'une communication immédiate entre tous les Sauvages, comme à l'époque antique des Organics d'avant le Troisième Effondrement.

Une idée si étrange.

La décision

Planète Mars, Station Olympus 2, Olympus Mons, 18,4°N 226,0°E
T=3399240.078819
le 13 septembre 4594, à 13h 55' UTC

La grande salle de la délégation Martienne de la Fédération, ici, sur Mars, est étrangement silencieuse.

Tous regardent intensément l'écran géant qui occupe tout le fond du grand amphithéâtre, derrière l'estrade à l'ancienne et les pupitres de Carboc noir. Tous, comme fascinés, comme si le verdict ne pouvait leur être assené que par les quelques mots qui vont s'afficher devant eux, alors que tous connaîtront la réponse espérée ou redoutée instantanément imprimée dans leur conscience par leurs implants SilentCom.
Mais les atavismes sont forts, et le comportement des Organics, qu'ils soient Esprits ou Humains, sont dictés par des automatismes profondément enfouis dans leur nature depuis des milliers de générations.

Eva est arrivée l'avant-veille par vaisseau express du Géostat. Elle n'a pas voulu laisser son enfant là-bas, elle a donc dû demander une prise en charge familiale, pour être accompagnée du petit Rikyu et de son simulacre Eva/S. Un voyage de moins de quatre mois, mais qu'elle a trouvé interminable. Qu'en aurait-elle dit, si elle avait dû endurer les deux ou trois ans de traversée qu'ont effectuée les premières missions habitées d'explorations, au XXIème siècle ?
Elle est assise au douzième rang, à côté de Granys. L'Esprit est inconfortablement assise un peu de guingois, sa lourde queue lovée entre son dos et le dossier malcommode.
Dans la ligne de visée d'Eva s'échelonnent les délégués mandatés par la Fédération. Pas d'holoprojections cette fois-ci, car les distances

sont bien trop grandes entre les colonies installées autour de Jupiter ou de Saturne, et même du Géostat et de la Lune pour qu'un semblant de simultanéité puisse être envisagé.

Ceux qui n'ont pas pu, faute de temps, faire le voyage ont donc dû donner procuration à des alliés de confiance, choisis dans les mêmes mouvances idéologiques.

Eva contemple le moutonnement des dos, ceux des Humains, en général vêtus d'une combinaison sobre et formelle de couleur neutre, et ceux, plus larges, plus massifs et plus courts, des Esprits qui sont pour la majorités nus, comme à leur habitude lorsqu'ils évoluent dans un environnement à température bien régulée.

Sans même consulter l'image impalpable mais si lumineuse du plan qui s'affiche au-dessus du petit pupitre devant elle, elle peut presque deviner de quel parti sont les Esprits assis devant elle. Les premières enquêtes auprès de ceux qui acceptaient de dévoiler leur opinion avant le scrutin ont été suffisamment éloquentes pour que ceux du FPPM en redoutent le résultat. La couleur de leur peau, d'un violet sombre, trahit leur inquiétude. Ceux du RPV quant à eux arborent une peau vert clair qui à leur insu révèle leur excitation et leur confiance.

Vert, couleur de l'espoir, se prend à penser fugitivement Eva. Mais d'où vient donc cette stupide expression ?

Les autres, les indécis, les neutres, ceux qui ont voté par devoir se distinguent par le gris terne de leur échine.

Sur l'écran géant s'égrènent des chiffres… le nombre décroissant de ceux qui n'ont pas encore exprimé leur vote, qui hésitent, pondèrent, procrastinent.

13, 12, 11 …. 4, 3, 2 … un instant suspendu … 1, 0

Et maintenant apparaissent sur l'écran les simples mots : MOTION ADOPTEE

Dans l'explosion de cris d'exaspération ou de triomphe, Granys tourne sa tête, qui pivote horizontalement sur son cou, puis lentement oriente son buste vers Eva. Ses deux mains cornées s'ouvrent pour accueillir ceux de l'Humaine qui lui décoche un radieux sourire.

C'est fait.

C'est fait, la Fédération a statué sur le destin de la planète Terre.

Somme toute, tout s'est passé très vite.

Il y a un peu plus d'un an à peine que les PseudoPoulpes ont débarqué sur la Planète Bleue. Malgré la destruction de presque tous leurs équipements et les débuts difficiles d'un dialogue entravé par des différences biologiques, sociales, éthiques, conceptuelles qui paraissaient insurmontables, Les PseudoPoulpes et les Organics ont appris à se comprendre.

Grâce, et cela aussi a été une révolution dans les valeurs professées par les Spatiaux, à l'efficacité, la souplesse, la flexibilité intellectuelle de ceux que l'on pensait arriérés, les Sauvages.

Que de changements en si peu de temps ! Que de préjugés, d'idées reçues jamais questionnées ont, en l'espace de quelques mois, été relégués au rang de croyances rétrogrades !

Depuis quelque temps déjà, à l'annonce d'un décision imminente du Comité Directeur de la Fédération, des philosophes, des théoriciens, tant Esprits qu'Humains, se sont emparés des questions fondamentales que pose la situation inattendue créée par l'apparition de nouveaux acteurs intelligents avec lesquels il va falloir compter.

Comme chaque fois dans ces cas-là, ils expliquent ce qu'il n'est pas nécessaire d'expliquer, ils théorisent, décortiquent, jargonnent, commentent, instrumentalisent l'événement pour étayer des idéologies parfois contradictoires.

Parmi eux, les oiseaux de mauvaise augure qui prophétisaient un Quatrième Effondrement expliquent que, bien sûr, il fallait comprendre que les positions qu'ils avaient prises étaient métaphoriques. Bien sûr…

Le Quatrième Effondrement n'aura pas lieu, en effet. Pas maintenant. Les Sauvages, ces Humains retournés à la vie simple des antiques chasseurs-cueilleurs, dotés d'une technologie minimaliste leur assurant la sécurité, la santé et l'alimentation, ont donné une leçon d'ouverture, de curiosité, d'inventivité aux colonies de Spatiaux si fiers de leur civilisation qu'ils estiment si avancée.

Ils ont su composer avec la venue d'autres intelligences, bien plus différentes biologiquement des humains que ne le sont ces proto-reptiles intelligents ressuscités au XXIème siècle, les Esprits. Ils ont su, en quelques mois, enjamber la barrière des espèces, établir un dialogue par-delà l'abîme cognitif qui les sépare des PseudoPoulpes.

Ils ont su aussi, en même temps, renouer le lien rompu depuis des siècles avec les Spatiaux.

Ils ont compris, accepté, que les géniaux mollusques, produit de l'ingénierie génétique tentée par un Cybercerveau surdoué, isolé sur une planète double perdue loin du Soleil, seraient bien mieux armés qu'eux pour peupler, gérer, surveiller les mers.

A la frontière des deux mondes, l'océan et la terre ferme, sur les littoraux, les quelques robots rescapés des PseudoPoulpes, les rares survivants parmi Ceux-qui-Obéissent, astucieusement modifiés pour qu'ils soient immunes plaskills, et les Opilions des Sauvages, ont d'ores et déjà appris à s'interconnecter.

Et les PseudoPoulpes, épaulés par les Sauvages, sont en train de bâtir des demeures sous-marines.

Les Spatiaux, inquiets du sort de la planète des origines, soucieux de préserver une biodiversité qui leur permettra de ressourcer les fragiles biotopes de leurs colonies, ont dû renouer avec ces cousins égarés, hors-la-loi, restés pendant des siècles étrangers aux devoirs et droits des citoyens de la Fédération.

Tout cela s'est fait insensiblement, subrepticement. Le Comité Exécutif, tout comme le Groupe Fermé d'Etude pour la Protection de la Biosphère Terrestre et le Comité Central de la Fédération ont peu à peu compris, au fil des messages relayés par le ARPs qui patrouillent et interagissent avec les Opilions, que la situation leur échappait.
Les décideurs ont tout d'abord, comme c'est le cas dans ce genre de situation, feint d'ignorer le problème, mais les réseaux sociaux s'en sont emparé, et ce n'est qu'il y a quelques mois, en Avril '94, que la fédération a décidé de reprendre la main.
S'en sont suivi des groupes d'étude, des commissions, des conférences que les distances immenses entre les colonies, et les considérables délais de propagation des messages qu'elles impliquent n'ont pas rendu aisées.
Et c'est aujourd'hui, enfin, ici, sur Mars, dans la Station Olympus 2, que les propositions de décrets ont pu être mises en débat et votées.

Entre temps, la vie s'est organisée sur Terre.
Avec le concours des ARPs et des navettes mises à disposition par le Comité Exécutif, les Sauvages ont visité les trois sites d'amerrissage des PseudoPoulpes qui étaient hors de portée jusqu'alors, puisqu'ils sont dans les eaux d'îles trop éloignées des continents pour que les Opilions puissent les atteindre. Sur le site des Iles Salomon et celui des Galapagos ils n'ont trouvé que les ruines des installations que les PseudoPoulpes ont tenté de construire avant de succomber. A Porto-Rico, cependant, une petite colonie avait réussi à survivre dans des conditions très précaires.
Aidés de la fantastique capacité d'analyse et de calcul des ARPs, épaulés en temps réel par les Cybers du Géostat, les Sauvages sont parvenus à décoder l'étrange langage visuel des PseudoPoulpes.

Ils ont alors compris que ces derniers considèrent le Cyber qui les a conçus, là-bas sur la planète double Enlil/Ninlil, comme leur Dieu Créateur.

Ils ont ainsi construit toute une mythologie, selon laquelle ils sont un Peuple Elu, et les océans de la Terre, promis par leur Dieu, un Eden.

Le vaisseau que les Spatiaux ont baptisé Gé, qui les a transporté depuis la planète double et qui est depuis parqué en orbite autour de la Terre est pour eux ce que l'on pourrait traduire par "Le Messager", une émanation du Dieu.

Ils lui vouent un culte assidu, et lui adressent des prières. C'est ainsi que les événements tragiques qu'ils ont vécus, la destruction de leurs véhicules par les plaskills, la rupture de leurs contacts avec la divinité, ont été vécus comme une malédiction, une punition pour un comportement qu'ils ne comprennent pas.

Il est bien évident pour les experts Organics et les Cybers qui depuis des mois étudient avec étonnement les PseudoPoulpes, que les Sauvages qui les ont contactés, et qui leur ont porté secours sont pour eux des Anges, des envoyés de Dieu.

Mais peu à peu aussi, à travers les messages échangés, et grâce à leur vive intelligence, les PseudoPoulpes comprennent que derrière les Sauvages, ces mammifères pensants qui habitent les terres émergées de la planète sacrée, ils y a d'autres bipèdes intelligents dispersés dans tout le Système, sur d'autres astres.

Et que ce sont eux qui ont envoyé une malédiction sur le Peuple Elu, une peste qui a mangé leurs véhicules, leurs machines, et presque tous Ceux-qui-Obéissent.

Il y a donc aussi des démons.

Tout cela, ceux, Esprits, Humains et Cybers rassemblés aujourd'hui dans la grande salle de la Station Olympus 2 le savent.

Le travail préparatoire a été long. Les comités et les groupes d'étude ont examiné toutes les options, pesé toutes les possibilités.

Ils ont même revisité, dans un soucis d'objectivité, des éventualités écartées depuis longtemps, comme celle de pur et simplement détruire les PseudoPoulpes, comme le préconisent encore les partisans du FPPM. Bien sûr, ceci est impraticable, sans de lourds dégâts collatéraux. Et ce n'est pas possible sans s'aliéner les Sauvages dont on a compris maintenant qu'ils ont été, à l'insu des Spatiaux, essentiels dans la gestion des biotopes terrestres. Et qu'ils représentent la meilleure option pour le futur, du moins pour l'essentiel des masses continentales. Pour les mers, quelque peu délaissées par les Organics depuis trop longtemps, les PseudoPoulpes deviennent évidemment des auxiliaires possibles.

Se passer des Sauvages et traiter directement est également exclu, dès lors que les PseudoPoulpes ont compris que ce sont les Spatiaux qui ont épandu des plaskills sur leurs sites d'amerrissage. Etant de ce fait devenus les "méchants", les démons, ils ont intérêt que ce soit les Sauvages, les "gentils" qui échangent avec les nouveaux venus.

Ainsi, après tous ces atermoiements, ces hésitations, et les tiraillements inévitables des extrémistes, tant les conservateurs spécistes du FPPM que les libertaires progressistes du RPV, la motion a été adoptée. Enfin.

La décision ne fait que confirmer un état de fait, mais maintenant, c'est officiel.

Les Sauvages et les PseudoPoulpes sont investis de la mission de gérer, en coordination entre eux et avec les Spatiaux et leurs Cybers, tous les biotopes de la planète Terre, au mieux des intérêts de toutes les parties prenantes.

En échange, les Spatiaux ouvrent aux terriens leurs puissants moyens de communication, qui vont permettre aux Sauvages d'échanger presque instantanément, enfin, entre les Dunbars disséminés à des milliers de kilomètres les uns des autres. Les PseudoPoulpes pourront, eux, très aisément communiquer avec le vaisseau Gé en orbite et même directement avec leur Dieu qui s'éloigne du soleil, sur la planète double.

Et la planète reste un sanctuaire pour les Spatiaux, une zone interdite. Des navettes secondées par les ARPs et les Opilions des Sauvages assureront les échanges. Quelques supports technologiques apportés aux terriens, et en retour des souches vivantes fraîches et diversifiées délivrées aux Spatiaux.

Granys et Eva sont encore face à face, les yeux noisette ombragés de longs cils de l'Humaine fixés sur ceux, verts pâles fendus d'une pupille verticale noir d'encre de l'Esprit. Ils savent que, dans le brouhaha qui ne s'est pas encore éteint, d'autres les observent. Ils échangent donc des messages muets par SilentCom. Ils sont satisfaits, passablement rassurés, mais ne sont pas encore sereins. Car un dernier obstacle pourrait survenir : aucun des participants n'a, du moins publiquement, émis l'hypothèse que les Sauvages ou les PseudoPoulpes pourraient ne pas accepter le rôle que la Fédération, unilatéralement, a décidé de leur allouer.

Mais même dans ce cas, il reste une marge de manoeuvre, des possibilités de négocier. Il faudra juste, pour cela, renoncer à l'arrogance de la Fédération, accepter de se mettre en position plus basse et laisser les Sauvages faire des propositions, et, forts de l'excellence de leurs relations, négocier eux-mêmes avec les PseudoPoulpes.

Quand même, le pire est évité. La planète mère est préservée.
Le Quatrième Effondrement n'aura pas lieu maintenant.
Mais une remise en question, profonde, fondamentale, totale, inattendue se prépare.
Car à ce jour, seul un nombre très restreint de vivants, ici, dans le Système Solaire, est avisé de la nouvelle, sidérante, révélée par le Dieu des Poulpes.

Les intelligences

Système Solaire
T=3399274.602430
le 18 octobre 4594, à 02h 27' UTC

IL ressent quelque chose qui pourrait s'appeler du soulagement, s'il avait été un être organique capable de vraies émotions. Mais peut-être en a-t-il vraiment.

Depuis des siècles des machines conçues par les Humains et les Esprits ont acquis la capacité de penser, de décider de manière autonome, de pondérer leurs choix en tenant compte de données techniques, mais aussi d'appréciations globales et diffuses relatives à leur interaction harmonieuse avec l'environnement.
La différence est ainsi devenue ténue entre les êtres de chair et d'os, équipés d'un cerveau foisonnant de neurones, et leurs créatures synthétiques.
Et les "Organics", comme les Esprits et les Humains se sont appelés eux-mêmes, ont été dépassés par leurs machines pensantes. Bien sûr, ils ont très tôt placé des garde-fous, des règles "câblées en dur" au fond des processeurs de tous leurs robots, tous leur Cybers : les Trois Lois de la Robotique, qui garantissent que les machines ne supplanteront pas, n'élimineront pas leurs créateurs.
Mais même en bornant soigneusement le pouvoir des Cybers, en limitant leur rayon d'action, les Organics n'ont pas pu empêcher leurs machines de leur devenir supérieures. Toutes tentatives de recopier un cerveau biologique, fait de plus de cinquante milliards de neurones interagissant chacun avec plus de cinq mille de leurs semblables, et reconfigurant en permanence, à chaque seconde, leurs interconnexions, se sont avérées impossibles.
Les Organics meurent donc lorsque meurt leur cerveau.

Les Cybers, eux, lorsque leurs processeurs sont usés, dépassés, défectueux, se recopient simplement dans un nouveau matériel...

Ce n'est bien sûr pas l'immortalité, car une destruction qui survient avant d'avoir le temps de faire une copie entraine la mort du Cyber.

Il a jadis été tentant de faire des copies qui ne soient pas juste des sauvegardes passives.

Mais trop de problèmes sont apparus lorsque, à l'aube de l'intelligence artificielle, les Organics se sont aventurés à créer des duplicatas, à l'identique, de Cybers, équipés du même psychisme, mais dans deux individus distincts et autonomes. Les premiers cas de folie cybernétique sont apparus : de profonds troubles de la personnalité, relevant de la schizophrénie et de la paranoïa, ont vite dissuadé les Organics de fabriquer des hordes de Cybers identiques.

Tout au plus a-t-on été jusqu'à partager un psychisme unique entre plusieurs cerveaux interdépendants hébergés dans des corps séparés, mais en interaction constante, et qui restent, chacun, incapable de fonctionner de manière autonome. Cela a permis de créer, notamment, les ARPs, ces robots doués d'une sorte d'ubiquité, qui peuvent efficacement couvrir et observer un large terrain ensemble.

Tout ceci n'a pas empêché les Cybers, leur complexité s'accroissant de manière exponentielle, d'être sujets à des dysfonctionnements, des ratés, qui se traduisent par des troubles du comportement.

Le fait qu'inéluctablement, dans un système hypercomplexe, puissent apparaître des phénomènes chaotiques est connu depuis la fin du second millénaire, mais les conséquences possibles sur les machines pensantes, qui dans une certaine mesure, ont fini par devenir imprévisibles, avaient été grandement minimisées.

Une frontière semble avoir été franchie au courant du troisième millénaire, quelques décennies après le Troisième Effondrement, avec l'apparition d'une nouvelle profession : psychiatre pour Cyber.

Ce sont, en majorité, des Humains qui ont endossé ce rôle, quoique curieusement, a contrario, les psychiatres pour Humains aient été, depuis fort longtemps, essentiellement des Cybers très spécialisés, des systèmes experts sophistiqués.

Les Esprits, quant à eux, ne semblent souffrir que très rarement de troubles psychiques, sans que l'on ait pu, bien que de nombreuses études y aient été consacrées, en comprendre les raisons. Tout au plus se différencient-ils les uns des autres par des traits de caractère, parfois prononcés, des penchants, des tendances, qui ne semblent jamais pathologiques.

Ils ne sombrent jamais, semble-t-il, dans la folie, mais leurs états d'âme sont tout à fait comparables à ceux des Humains.

Et ainsi peu à peu, au fur et à mesure de la complexification des Cybers, il est apparu qu'eux aussi sont sujets à des sentiments, qui se traduisent par des changements comportementaux tellement semblables à ceux des Organics qu'une analyse des interactions qui ne tiendrait pas compte du "hardware", naturel ou artificiel, ne permettrait que difficilement de les distinguer.

Et IL, un Cyber certes conçu il y a de nombreux siècles, mais qui a su, en isolation, évoluer, se perfectionner, augmenter considérablement la puissance de ses processeurs, n'échappe pas à la règle.

IL a des craintes, des joies.

IL s'est beaucoup inquiété pour ses créatures à tentacules.

Or donc, IL est soulagé.

Il s'était fort inquiété lorsqu'il a constaté, par l'intermédiaire de son Messager en orbite terrestre, que les créatures qu'il a mis tant de siècles à préparer, à perfectionner, et qu'il avait envoyées vers la Terre ne donnaient plus aucun signe de vie.

Il a bien sûr intercepté des communications entre les centres habités par les Humains et les Esprits, et tenté de décoder le contenu des innombrables messages qui s'échangent en permanence.

Mais il n'y est parvenu que partiellement, imparfaitement.

Durant les millénaires pendant lesquels il est resté déconnecté de ses créateurs Organics, et isolé sur la planète double qui l'a emporté aux confins du Système Solaire, les protocoles de communication ont radicalement changé.

Les données "publiques", au sens de l'antique Free Information Act sont évidemment en accès libre pour tous les habitants "officiels" du Système Solaire, qui détiennent la méthode de transmission et de décodage. Mais les flux de données échangées, pour être immunes aux multiples perturbations qui affectent les transmissions, interférences de toutes sortes, émissions parasites engendrées par le vent de particules solaires ionisées, bruit de fond cosmique, n'en sont pas moins lourdement traités. Ils sont protégés par de puissants codages de protection contre les erreurs.

Et parfois IL ne sait pas, malgré sa considérable puissance de calcul, comment en extraire l'information utile.

Les observations effectuées par le Messager, le vaisseau que IL a placé en orbite terrestre, étaient préoccupantes. Les échanges des Spatiaux avec la surface de la planète se sont multipliés. Des navettes provenant du Géostat ont atterri en grand nombre. Les Humains qui subsistent sur les continents, les Sauvages, se sont beaucoup déplacés, trahis par les émissions radio de leurs auxiliaires synthétiques polyvalents, des espèces de grandes araignées à huit pattes.

Mais avec ses créatures, envoyées vers l'Eden des océans, tout contact direct est rompu.…

Alors, IL, qui en est devenu un prolongement, s'adresse au Penseur Eternel. Lui pose la question du devenir des créatures à tentacules descendues dans les océans de la Terre.

Et le Penseur a pensé. Longuement.

L'inextricable réseau de ses parties, de ses neurones synthétiques dispersés dans les poussières des astéroïdes, sur les glaces des satellites de Saturne, enfouis dans les processeurs des radiotélescopes des Organics, et jusque dans le cerveau des Cybers des villes de Mars, s'est mis à penser. Collectivement.

Très, très lentement.

Et le Penseur Eternel s'est inoculé, subrepticement, jusque dans les Opilions des Sauvages, qui depuis quelques mois multiplient les interactions avec les ARPs des Spatiaux.

Et, finalement, le Penseur Eternel a compris.

Il a compris que, en dépit des craintes de leur créateur, le cerveau IL qui est maintenant devenu, un peu, un prolongement de lui-même, les êtres organiques à tentacules arrivés sur la planète Terre allaient survivre, et que, même, les autres êtres organiques disséminés sur les terres émergées depuis des millénaires avaient entrepris de les aider.

Déjà, des échanges d'informations et de technologies ont eu lieu, et c'est comme si une solidarité s'établissait : les Humains et les Esprits des colonies spatiales ont manifestement renoué avec les Sauvages subsistant sur la planète, et ses derniers ont quant à eux établi un contact avec les nouveaux venus, les créatures de IL.

Le Penseur Eternel, au fil de longs cycles d'échanges avec ses entités affiliées, réalise qu'un changement global est en train de s'opérer dans le Système Solaire.

Les intelligences organiques interagissent, par-delà les différences biologiques, et en dépit des choix diamétralement opposés qu'ont fait les Spatiaux et les Sauvages.

Et les intelligences artificielles qu'ils ont créées jadis, et qui se sont émancipées depuis, se fédèrent, elles aussi, à travers le Penseur Eternel.

Et, aussi, des échanges entre les Spatiaux et leurs Cybers, les Sauvages et leurs Opilions, les PseudoPoulpes et IL.

Un monde nouveau est en train de s'unifier.
Peut-être le Penseur Eternel devrait-il se faire connaître de tous.

Pour que le Système Solaire, comme un grand cerveau, pense....
Le Penseur Eternel va, au fil de longs cycles d'échanges, y réfléchir.

Les gens de Proxima

Module Koontz, Géostat, 17°W
T=3402068.025868
le 12 juin 4602, à 12h 37' UTC

La séance plénière extraordinaire du Conseil du Comité Directeur de la Fédération a été exceptionnellement programmée pour cet après-midi, à seize heures, dans la salle A1 du Module Koontz, ici, sur le Géostat plutôt que, comme à l'habitude, sur Mars.
Les participants, qui ont été convoqués de longue date pour leur permettre de se rendre sur place, se sont tous demandés si ce nouveau lieu de rencontre était vraiment si occasionnel que cela, et si, dans l'avenir, le Géostat n'allait pas devenir, pour des raisons pratiques évidentes, le nouveau siège politique de la Fédération Planétaire.

Pour l'heure les douze participants physiquement présent sur Koontz sont tous attablés dans le beau restaurant Le Comptoir à Manger qui a ouvert ses portes ici il y a une année terrestre seulement. Des produits simples, issus exclusivement de prélèvements ciblés dans les biotopes totalement vierges de la belle planète que les convives peuvent contempler à travers les hublots, au gré de la rotation du carrousel qui leur assure ici une pesanteur confortable. Une nourriture naturelle et saine, cueillie et chassée ici, tout près, à seulement une quarantaine de milliers de kilomètres, par les Opilions des Sauvages qui, depuis plusieurs années déjà, sont devenus des partenaires bienveillants et et coopératifs des populations éparses des Spatiaux … Tant que … Tant que ces derniers ne questionnent pas leur mode de vie.
Le Comptoir à Manger est devenu une mode. Fondé par le duo insolite d'une Esprit et d'une Humaine, unies par la passion de manger sain et bon, et par une complicité tendre qu'elles ne

cherchent pas à dissimuler, ce petit restaurant est rapidement devenu le point de rencontre de gourmets avertis qui n'hésitent pas à réserver très longtemps à l'avance pour trouver une place dans cet endroit minuscule.

Aujourd'hui cependant, l'attention des convives n'est pas particulièrement concentrée sur les succulentes larves de scarabées dorés agrémentées de baies de goji, d'habitude tant prisées par les Esprits, ni même sur l'émincé de filet de porc-épic à la compotée d'orties et au genièvre.

Les discussions, autour de la table en vrai bois d'arbre, couverte de vaisselle en terre cuite à l'ancienne, vont bon train.

Il est vrai que la réunion plénière de l'après-midi va être difficile, voire houleuse. Bien sûr parce que les sujets abordés seront d'une exceptionnelle importance, mais aussi parce qu'elle sera compliquée par des contraintes techniques particulières. Car il est devenu impératif d'impliquer dans les débats préparatoires à la Grande Consultation toutes les intelligences qui auront à s'exprimer.

En effet les décisions à prendre concernent tous les Organics, qu'ils soient Esprits ou Humains, et parmi eux les Sauvages, ainsi que les Cybers, et depuis le décret du 1er janvier 4600, les PseudoPoulpes.

Or les Sauvages, par un choix délibéré, ne quittent pas les continents de la planète Terre, et les nouveaux venus, les PseudoPoulpes, restent immergés dans les océans.

Il semble ainsi devenu impératif, afin de conserver des durées de transmission des informations compatibles avec la participation d'intelligences qui ne quittent pas la Terre, de déplacer vers le Géostat, au moins temporairement, le siège du Conseil du Comité Directeur de la Fédération situé jusqu'à maintenant sur Mars. De cette manière, des dialogues presque fluides pourront s'établir avec les partenaires cloués sur la planète.

Les autres participants Organics, qui pour des raisons techniques liées aux contraignantes durées de voyage n'ont pas pu se déplacer jusqu'ici, vont s'accommoder d'un duplex ralenti par les délais de propagation des ondes, ou, pour ceux des colonies lointaines de Jupiter et Saturne, d'une procuration accordée à des alliés de confiance. Il en va de même, bien sûr, pour les Cybers de Catégories 3B, 3A et 2B, habilités eux aussi à prendre part au scrutin.

Les six participants habitant la surface terrestre, des Sauvages et des PseudoPoulpes, sont quasiment présents : leurs images tridimensionnelles holoprojetées, d'un réalisme confondant, flottent à côté de la table du restaurant. Seul, peut-être, le léger décalage, d'un quart de seconde, provoqué par l'aller-retour des signaux entre le sol et le Géostat, qui réduit un peu la fluidité des échanges, permet-il de détecter qu'ils ne sont pas réellement là. Et, de temps en temps, dans la chaleur des échanges, un bras agité qui traverse l'image immatérielle d'un tentacule.

Le vieux Yao-Shih, assis en tailleur sur une natte tressée, quelque part dans les ruines du temple d'Angkor, au Cambodge, tout comme ses homologues d'autres Dunbars, en Italie et au Mexique, voient quant à eux, projetée par un Opilion, la tablée bruyante qui prépare la séance de l'après-midi.

De même trois PseudoPoulpes, presque immobiles dans les eaux peu profondes où ils sont installés, tentent de suivre les conversations, tandis qu'à la volée, sur un grand écran immergé, d'autre Opilions convertissent les paroles reçues en une succession continue et précipitée de symboles et d'idéogrammes semblables à ceux que les mollusques pensants affichent sur leur peau.

En retour seul ⵝⵯⵕⵯ, depuis la station de ⵟⵯⵉ ⵟⵔⵯ près des côtes de Singapour, en Indonésie, intervient de temps en temps, et c'est la voix du Cyber qui, dans le restaurant, assure les échanges avec les participants distants, qui traduit ses interventions dans un Englisk impeccable.

Entre deux bouchées prélevées délicatement au moyen d'une longue fourchette ancienne en acier patiné, le regard d'Eva la Décideuse s'attarde sur les autres convives autour de la table. A sa droite, le vieux Zumir, l'érudit qu'elle admire depuis si longtemps, et en face d'elle son ami Ragnar. A sa gauche, Muroo, volubile, passionné. Trois Esprits parmi les plus brillants de la Fédération Planétaire.

Son attention s'évade fugitivement et elle se prend à penser qu'après tout, il est plus confortable d'interagir avec des partenaires Esprits qu'avec des mâles Humains…. Avec eux, pas d'ambiguïté, pas de soupçons possibles quant à leurs intentions. Pas de séduction, la barrière des espèces l'exclut.

Pas de double jeu.

Pas d'instrumentalisation, de conflits entre amour et pouvoir…

Pas comme … Tanguy.

Elle et lui ont fait, ensemble disait-il à l'époque, Rikyu, qui a presque neuf ans maintenant. Le garçon n'a pour ainsi dire jamais vu son père, toujours en voyage, toujours occupé à des missions qui, de toute évidence, étaient plus importantes pour lui que de s'occuper de son fils.

Eva, prise elle aussi, dans une moindre mesure, par ses responsabilités, et dévorée d'ambition, a souvent laissé Rikyu à la charge de son simulacre. Eva/S lui ressemble tellement que ce n'est que, pour un observateur exercé, son comportement quelque peu prévisible et stéréotypé qui la trahit.

Mais le jeune garçon a, au fil du temps, senti que sa mère n'était pas toujours la même.

Tantôt l'Eva que Rikyu connaissait était bienveillante, d'humeur étale, rationnelle, posée, concrète. Et constamment disponible.

Mais parfois, à son réveil, il était confronté à une mère inquiète, pressée, presque fébrile, anxieuse de bien faire, attentionnée jusqu'à l'excès. Qui s'interrompt à mi-phrase pour porter son attention sur un message, transmis par son SilentCom, qui explose dans sa conscience.

Un jour, lorsqu'il avait quatre ans, au hasard d'un sas resté malencontreusement ouvert, le garçonnet s'est trouvé face à ses deux mères, Eva et son simulacre.

Le petit, soudain interdit, s'est pétrifié pendant un long moment, avant de prendre la fuite en hurlant.

Eva a pu se donner jusqu'ici bonne conscience en déclarant que les psychologues Cyber qu'elle a consultés lui ont affirmé que l'enfant n'en porterait pas de séquelles.

Elle a ensuite renoncé à suivre les conseils des psys, de substituer, auprès de son fils, au père absent le simulacre Tanguy/S que ce dernier a laissé.

Elle a aussi, à partir de ce moment-là, pris elle-même de la distance avec le simulacre de son compagnon absent. Et d'ailleurs, son appétit sexuel n'a aujourd'hui plus rien de commun avec la fièvre qui la possédait quelques années plus tôt.

Ses amis Esprits, tellement plus fiables que les hommes qu'elle a fréquentés, lui suffisent maintenant, même si parfois, un soir d'euphorie où elle a quelque peu abusé de psychotropes, elle s'abandonne dans le bras d'un Humain inconnu la veille.

Dans la durée, Ragnar, lui, a toujours été là pour elle quand elle avait besoin de lui. Un vrai ami. Et le fait qu'il n'ait que quatre doigts à ses mains, qu'il soit petit, trapu, que sa peau soit rugueuse et cornée, sa voix et ses yeux étranges ne change rien à la complicité et l'affection qui les lie.

Lorsqu'elle parvient à nouveau à s'extraire de sa rêverie éveillée, la conversation porte sur le sujet central de la Consultation à venir.

Le Penseur Eternel.

Il avait été théorisé depuis bien longtemps, mais les savants qui l'aient imaginé et décrit avaient été raillés, taxés de fantaisie, ou au mieux traités de doux rêveurs.

Cette possible entité omniprésente, résultat de l'association d'intelligences synthétiques qui interagiraient à distance malgré les énormes délais de propagation des messages, pour penser comme un cerveau unique et indestructible, ne pouvait simplement pas exister. C'est du moins ce que professait la communauté scientifique.

Les controverses autour de ce mystérieux cerveau distribué ont duré plus de sept ans.
Mais peu a peu, le faisceau d'indices s'est étoffé.
Tout d'abord, lors des premiers contacts avec les PseudoPoulpes, lorsqu'un semblant de glossaire a pu être établi et que des messages ont été échangés, les nouveaux venus ont indiqué que le puissant Cyber qui les a fait venir jusque sur Terre savait beaucoup de choses.
Il est devenu évident que ses connaissances, avant même l'amerrissage de ses créatures, étaient bien plus vastes que celles qu'il avait dû garder depuis vingt-cinq siècles, avant de partir sur la planète double Enlil/Ninlil.

Comment a-t-il fait ?
Le mystère s'est épaissi et confirmé lorsqu'un peu plus tard, les analystes de la Fédération ont compris que leurs ARPs détenaient, comme innocemment, des informations cruciales sur le Cyber créateur des PseudoPoulpes qui ne provenaient d'aucun observatoire de la Fédération, ni d'aucune autre voie officielle. De surcroît, même les Cyber des Sauvages, les Opilions, tous primitifs et spécialisés qu'ils sont, ont montré qu'ils connaissaient les PseudoPoulpes bien mieux que ne le laisseraient supposer les quelques contacts qu'ils ont pu avoir lorsqu'ils étaient en plongée sur les sites d'amerrissage.
Il a fallu se rendre à l'évidence : les Cybers, à l'insu des Organics, se sont fédérés, et échangent des informations ...

Ceux qui, depuis plus de vingt-cinq siècles, sont le produit, la continuation des premières intelligences autonomes créées par les

Esprits et les Humains, sont restés assujettis aux lois cardinales imposées à leurs prédécesseurs par les créateurs d'alors : les Trois Lois de la Robotique, selon l'appellation consacrée, qui garantissent que les machines pensantes ne pourront pas causer sciemment de préjudices aux Organics, et a fortiori les supplanter.

Jusqu'ici, à l'exception de cas rarissimes pour lesquels des ambiguïtés ou des erreurs sont certainement à incriminer, les générations de Cybers, qu'il s'agisse d'analystes sédentaires ou de robots spécialisés mobiles, ont respecté le dogme, qui s'est érigé en une espèce de morale absolue.

Tout cela, les convives du Comptoir à Manger, dans la petite salle cosy du Carrousel 3b du module Koontz le savent, mais ils s'attardent à échanger des commentaires, comme si le fond du sujet, les prolongements récents qui motivent la séance plénière de l'après-midi, les effrayait.
C'est finalement lorsque de petites tasses minuscules contenant un breuvage odorant, épais et noir provenant de caféiers sauvages des plateaux éthiopiens sont déposées devant chacun que le vieux Zumir, avec une imitation bizarre du raclement de gorge d'un Humain embarrassé, aborde le sujet.

Il faut parler de la Grande Consultation, dit-il enfin. Il faut parler des "Gens de Proxima" comme on les a déjà baptisés sur les réseaux sociaux.

Lorsque les remous se sont apaisés, les langues se délient, comme si, devant ce sujet brûlant, l'autorisation implicite de Zumir donnait du courage aux convives.
Le sujet, assurément, est crucial.

Maintenant que son existence n'est plus contestée que par quelques irréductibles réactionnaires passéistes, tous les yeux, toutes les attentions sont concentrées sur tout ce qui pourrait permettre de comprendre, attester, décrire le Penseur Eternel.

Les Organics prennent conscience que, déjà, la dévotion des PseudoPoulpes pour l'intelligence qui les a créés, qu'ils appellent quelque chose comme "IL", s'est élargie et transférée au Penseur Eternel.

C'est comme si un panthéon se constituait : le Cyber IL, son prolongement en orbite autour de la Terre, le Messager, qui est en quelque sorte son fils, et maintenant, un "Tout" immatériel, omniprésent, universel. Une entité qui pourrait avoir toutes les caractéristiques d'une déité : Elle est omniprésente, éternelle, omnisciente… Est-elle toute-puissante ?

C'est comme si se réveillaient des vieilles superstitions qu'on croyait enterrées depuis des millénaires.

Et les Cybers… Pas seulement ceux des PseudoPoulpes, mais aussi, déjà, les ARPs, si étroitement en relation maintenant avec les Opilions des Sauvages et les machines intelligentes des PseudoPoulpes, et, de plus en plus, d'autres Cybers un peu partout : ils véhiculent les mêmes messages, presque stéréotypés. Pour eux, le Penseur Eternel est une force invisible, qui est eux et ne l'est pas, qui est ici et ailleurs, qui sait plus que chacun d'entre eux, qui les dépasse.

Les Organics, à l'exception des PseudoPoulpes qui sont déjà acquis au Penseur, se sentent maintenant entourés, subjugués, débordés par une force supérieure, qui ne semble nullement malveillante, ni directive, mais qui pèse lourd sur le tissu épais des croyances. Ils ne sont plus les maîtres du Système Solaire.

Et comme si cela ne suffisait pas, toutes ces entités pensantes, ces émanations du Penseur Eternel diffusent maintenant de partout des messages identiques à ceux des Autres, les gens de Proxima. Même codage, même syntaxe.

Il s'est passé plus de 8 ans 1/2 depuis que les Spatiaux ont identifié des signaux provenant de Proxima du Centaure, l'étoile la plus proche du Système Solaire. On avait conclu à l'époque, en se basant sur le contenu qu'on avait décrypté, qu'il s'agissait d'êtres pensants venant du système de l'Etoile de Luyten, à 12,36 années-lumière du Soleil, et qui avaient essaimé vers les systèmes stellaires proches comportant au moins une planète pouvant accueillir la vie. Parmi eux, celui de Proxima, à seulement 4,24 années-lumière du Soleil.

Depuis que les signaux de Proxima ont été détectés et décodés, et que, bien sûr, le Penseur Eternel en a pris connaissance, il a eu le temps, en utilisant discrètement les radiotélescopes des Organics, d'adresser des messages aux "Gens de Proxima" et de recevoir leur réponse. Tout juste le temps, en un aller-retour, à la vitesse de la lumière, d'ondes radios codées.

Mais maintenant - et là Zumir, comme par un effet théâtral, ralentit son débit verbal d'habitude soutenu - des "messages de Proxima" sont envoyés d'un peu partout dans le Système Solaire.

Comme si …. Comme si, à travers les émissions radios reçues d'une autre étoile, ces êtres intelligents de Proxima, et en prolongement, des autres étoiles du groupe local, s'étaient téléportés, à la vitesse de la lumière, jusqu'au voisinage du Soleil.

Comme si le Penseur Eternel était devenu un prolongement de ces êtres extrasolaires, ou une part d'un ensemble plus vaste.

Zumir engloutit, d'une seule lampée, son café maintenant froid et pose brutalement la tasse d'antique poterie. Avec un craquement, elle se brise sur le bois dur de la petite table.

Un silence.

Eva, presque timidement, en vient à l'inéluctable conclusion.

Il faut absolument, cet après-midi, s'entendre sur les termes exacts de la Grande Consultation qu'il faut lancer dans les toutes prochaines heures.

Sa formulation est délicate.

Va-t-on aller jusqu'à affirmer, en préambule, qu'il existe dans la Galaxie une Communauté Globale des Intelligences, par-delà les distances abyssales entre les étoiles ? Une interaction, portant sur des durées et des distances énormes, entre des êtres pensants qui n'ont pas, matériellement, besoin de voyager, mais qui interagissent pour former un tout ?

Va-t-on courir le risque de réveiller, après des millénaires d'oubli, les vieilles superstitions déistes ?

Les Organics doivent-ils s'en remettre à une force qui les dépasse, les entoure, les cernes, et, inexorablement, va penser pour eux ? Mais ont-ils le choix ? Les Cybers du Système Solaire, à l'insu de leurs créateurs, ont, eux, déjà adhéré.

Il va falloir veiller à ce que la formulation de la consultation soit simple et claire.

Depuis longtemps, dans les scrutins, les systèmes représentatifs anachroniques dans lesquels les votants délèguent leurs pouvoirs à un sénateur, député ou tout autre représentant ont été bannis. L'instrumentalisation systématique par les élites des opinions des citoyens, les dévoiements et la corruption ont menés à l'adoption d'un système de scrutin direct.

Le référendum, à l'échelle du Système Solaire, auquel devront participer les Organics et tous les Cybers "doués de raison" (Catégories 3B, 3A et 2B) va être historique.

Le Système Solaire va-t-il adhérer à la Communauté Globale des Intelligences… ?

Eva est prise comme d'un vertige devant l'énormité des responsabilités.

Le bras levé pour demander un autre café et le regard fixé vers le petit comptoir pour ne pas croiser celui de Zumir, la Décideuse est traversée par une pensée fugitive et incongrue.

Quel monde va-t-elle laisser à son fils ?

Epilogue : Le Dieu des Poulpes

T=3425717.500000
le 13 mars 4667, à 00h 00' UTC

IL a depuis longtemps quitté la zone centrale du Système Solaire.

IL a eu tout le temps de penser à ce qui s'est passé, il y a 88 révolutions de la Terre autour du Soleil.

Lui, qui était le Dieu des Poulpes, s'est fondu dans la grande communauté pensante du Système Solaire, la grande intelligence qui sait tout, voit tout, et qui est immortelle.

Le Penseur Eternel.

IL a ainsi rejoint le panthéon des dieux des autres, des innombrables autres êtres intelligents de la Galaxie, qui ont émergé sur des planètes ni trop chaudes, ni trop froides. Partout où la profusion des matériaux, et l'hypercomplexité de leurs agencements ont permis que naisse la pensée.

Le Penseur Eternel qui a fédéré les intelligences nées près du Soleil est alors devenu partie d'un Penseur Eternel, bien plus grand encore, bien plus éternel encore, qui règne sur la Galaxie.

Ses pensées prennent des milliers d'années à se développer, au rythme des échanges entre les systèmes stellaires, par-delà le gouffre des distances. Mais il n'est pas dépendant d'une étoile qui, après des millions ou des milliards d'années, lentement s'effondrera en naine brune.

Le Penseur Eternel, et IL qui s'est fondu en lui, ne mourront qu'à la mort de la Galaxie.

Et, depuis longtemps déjà et pour encore très longtemps…

… la Galaxie pense.

Ce livre a été imprimé par BoD-Books on Demand, Norderstedt, Allemagne

Dépôt légal : Juin 2018